JN183700

雨に泣いてる
真山仁
Mayama Jin
幻冬舎

雨に泣いてる

雨に泣いてる 目次

装幀　多田和博
写真　ＰＰＳ通信社

第一章　発災

咲希ちゃん、奇跡の生還

民家の倒壊が激しかった神戸市中央区中山手では、家の下敷きになっていた少女が近隣住民の六時間にも及ぶ救出作業で、奇跡の生還を果たした。

発災から六時間後の一七日正午頃、慎重にがれきを除去していた自営業中野一之さん（三七）が声を張り上げた。

「おったぞ！　咲希ちゃん、もう少しやからな頑張れ！」

その声に、救出活動を続けていた約二〇人の市民が、がれきの真ん中に空いた穴の周りに集まった。塚田和子さん（六九）の孫で、神戸市立御影小学校四年生、塚田咲希ちゃん（九つ）のつぶらな瞳が、穴の底から大人たちを見上げている。咲希ちゃんはこの日まで、和子さん宅に泊まりがけで遊びに来ていた。発災当時、和子さんは日課の散歩に出かけた直後で、咲希ちゃんが一階の座敷で一人寝ていた。

塚田さん宅は、築三七年の木造二階建てで、地震で一、二階とも崩れ落ちた。塚田さんが戻った時には、既に手がつけられない状態だった。ただ、崩れ落ちたがれきに向かって塚田さんが何度も呼びかけたところ、か細い声ではあったが中から咲希ちゃんの応答があった。そこで、塚田さんは、近所の住民に協力を求め、約六時間かけてがれきを撤去した。

救出された咲希ちゃんはかすり傷を負った程度で、大きなけがはない。

塚田さんの呼びかけに最初に応じた隣家の会社社長大久保昭男さん（五四）は、「最初はダメかもと思ったが、ずっとお孫さんの名を呼び続ける塚田さんの頑張りにこたえようと必死でがれきをどけた。助かって本当によかった」と、ほこりまみれの顔に白い歯をのぞかせていた。

【一九九五年一月一八日毎朝新聞朝刊・神戸支局・大嶽圭介】

〈写真は、六時間ぶりに救出され祖母の塚田和子さんに抱きついてほほ笑む咲希ちゃん＝撮影・大嶽圭介〉

1

二〇一一年三月一一日午後――。新人記者時代に世話になった真鍋《まなべ》と神田のホテルで会っていた。入社二年目から四年間、岡山支局に在籍していたが、当時デスクだった真鍋にはたっぷりしごかれた。そんな彼も既に定年退職し、塩飽《しわく》諸島の小さな島で妻と二人で暮らしている。

大学の同窓会で上京してきたと言って昼食に誘われ、食後のコーヒーを真鍋が泊まるホテルのラウンジで飲んでいた。

「昨晩は暁光《ぎょうこう》新聞の東條に会ったんだがな、大嶽《おおたけ》のことをやけに褒めていたぞ」

そう言って真鍋は、コーヒーにたっぷりクリームを入れた。暁光新聞は調査報道が売り物のライバル紙だ。東條はその伝説的な大物記者で、過去にスクープで首相を追い詰めたこともある。

真鍋も東京本社に勤務していた時は、スクープを連発した事件記者だった。年齢的に近いとはいえ、彼らが知り合いというのも意外だったが、さらに私のことが話題に上ったというのに驚いた。

「一見、人情派なのに、鋭い記事を書くと褒めちぎっていたぞ」

あの傲慢男の東條が、人を褒めるなんてあり得ない。

「どうせ二人で私をバカにしてたんでしょ」

「まさか。奴の評価は俺も正しいと思うからな。俺としては鼻が高いよ」

デスクだった頃は見せたこともない柔らかな笑顔だった。

「だとしたら、真鍋さんのおかげです」

入社二年目で岡山支局に異動したのは、前任地で大きな問題を起こしたためだ。本来ならロートルが担当するような僻地《へきち》の通信局で、ただ時間を浪費しながら間に合わせの〝出席原稿〟ばかり書いていた私に、記者のやり甲斐《がい》を思い出させてくれたのが真鍋だった。

――人助けのために記事を書くんじゃない。俺たちは、目の前で起きていることを読者に伝えるためにいるんだ。それに徹しろ。感情移入なんてするな！

真鍋は事あるごとに繰り返した。

それまでは取材でも記事でも、相手の立場を慮《おもんぱか》るのが礼儀だと思っていた。大切なのは関係者の想いや感情をしっかりと受け止めることだと決めつけていた。だが、真鍋はそれを徹底的に否定した。いわば記者の〝いろは〟を彼に叩き込まれたおかげで、曲がりなりにも事件記者を続けてこられた。

「ところで、今でも〝例〟の夢を見るのか」

真鍋は声を潜めて訊《たず》ねた。

「いえ、滅多に」

「ゼロじゃないんだな」

「年に一度か二度程度でしょうか」

ある出来事をきっかけに、私は悪夢に苛《さいな》まれていた。それは決まって感情を圧《お》し殺した記事を書いた時に現れる。

真鍋がため息と共に、背もたれに体を預けた。

「もう悪夢っていうより、疲労度のバロメーターみたいなもんですよ。心も体も疲労困憊《こんぱい》している時に見るんです。一種の警戒警報みたいなもんですよ」

この悩みを知っているのは、別れた妻と今の妻、そして真鍋だけだ。特に真鍋は、ずっと気にかけてくれている。

「最後はいつだ」

「忘れました。随分前ですよ」

本当は、昨夜見た。原因は分かっている。今朝の一面を飾った都内児童相談所の不正を暴いた記事のせいだ。記事を書く直前、問題になった児相の主任カウンセラーから、掲載を止めて欲しいと泣きつかれた。

――悪いのは所長以下一部の職員で、彼らはみな辞職すると言っている。なので、どうかそっとしておいて欲しい。

「そっとしておいて欲しい」というのは、告発される側の常套句《じょうとうく》だ。だが、それが事実であれば、書くのが記者の仕事だ。

「実は、おまえのことが心配だという声があってな」

だから、上京中の貴重な時間を、私に割いたのか。

「どなたの声です？」

「いきなり上層部に恥をかかせるような暴言を吐いたり、デスクの命令を無視して独断専行を続けて孤立していると」

かなり誇張されているが間違いではない。先週は社会部長と大喧嘩《おおげんか》した。きれい事ばかり言うくせに、肝心な時に腰砕けになる奴で、財界の圧力に屈して記事を握りつぶそうとしたのを大勢の記者の前で詰《なじ》ったのだ。

「孤立しているように見えるのは、真鍋さんや私のようなタイプの記者が減ってきたからじゃないですか。そつのないお行儀の良い子が増えたせいで、私のような奴が目立つんです」

その時だった。地鳴りがしたかと思うと、何かが建物にぶつかったような音がして、強烈な揺れに襲われた。背後で何かが倒れ、続いて大量のビンが砕ける音がした。

地震だ――。真鍋も硬直したまま天井を見上げている。シャンデリアが大きく揺れて、今にも落ちてきそうだった。

「真鍋さん、テーブルの下に隠れて！」

叫びながら真鍋をテーブルの下に押し込んだ。なおも建物全体が激しく左右に揺れている。その場にいる全員がうずくまり、怯えた目で周囲を見ている。

「大嶽、おまえも隠れろ！」

テーブル下に引き込もうとする真鍋の腕を払って、カメラを構えた。

カウンターの向こうの棚が倒れ、酒のボトルが割れて転がっている。ガラスというガラスにヒビが入り、一部が割れ落ちた。

「大嶽、上だ上！」

シャンデリアの揺れはさらに激しくなり、今にも落下しそうだ。あれが落ちれば怪我人《けがにん》が出る。

「シャンデリアが落ちるぞ、そこから逃げろ！」

永遠に続くかと思った揺れが突然止まった。様子をうかがいながら真鍋がテーブルの下から出てきた。

「真鍋さん、阪神以来の大震災の気がしませんか」

「俺は経験してないから分からんが、おまえがそう言うならそうだろう」

「社に戻ります」

退職したとはいえ、真鍋は年の割には元気だ。一人でも大丈夫だと判断した。

「奥様を捜しに行くんでしょう？　くれぐれも注意して下さいよ」

真鍋夫人は、高校時代の友人と銀座で会食しているという。

私はレジに金と伝票を置いて出口に向かいながら、携帯電話を取り出して、社会部デスクを呼び出した。

「大嶽です。震源地は？」

「まだ分からないが、東京じゃない。今、どこだ」

「神田です」

「とにかく、社に上がってこい」

いつになくデスクの声も強《こわ》ばっている。こんなに激しいのに震源地は都内じゃないのか。何人かが携帯電話を開いて凝視しているのが視界に入った。

そうかワンセグか。ＮＨＫ総合テレビに繋《つな》いだ。

『繰り返します。先ほど午後二時四六分頃、東北地方で地震がありました。震度7、宮城県北部……』

震度7って。一九九五年に発生した阪神・淡路大震災が蘇《よみがえ》ってきた。叫ぶ人、壊滅した都市、そして燃え上がる街……。

『東北地方の太平洋沿岸に大津波警報が発令されました……』

ホテルを出るとタクシーを拾うために、表通りを目指した。ビルというビルから避難する人が溢れ出て来る。ちょうどタクシーが一台停まっていたが、数人が乗車権を言い争っている。その上、車道にまで人が溢れてしまっているので、車の流れが滞っていた。

毎朝新聞東京本社に戻るには、内幸町《うちさいわいちょう》まで歩くしかない。

外堀通りに出ると、皇居の方角に折れた。いつもなら皇居ランナーが走っている歩道も人で埋まっている。

一体、皆どこを目指しているのだろうか。

三月だというのに寒い午後だったが、人波に揉《も》まれてすっかり汗だくになった。何とか大手町の交差点まで進んだ時、「クレーンが」と誰かが叫んだ。

ビジネスマンが指差しているのは、改築工事中のパレスホテルだった。屋上にある大型のクレーンが不安定にぐらぐら揺れている。体感する余震より視覚で知る余震の方が遥かに恐ろしい。

至るところでサイレンが響き、上空でヘリが旋回している。ボディにテレビ局のロゴが見えた。

震源地は宮城県沖だというのに、このパニックはなんだ。

被災地に行かなければならない！

突然思いついた。それは衝撃に近かった。

被災地に、行かなければ、ならない！

いきなり人波に押し出されて、渋滞中の車に頭から突っ込みそうになるのを踏ん張って耐えている間も、そのことばかり考えていた。

いつかまた遭遇するであろうと思っていた大災害が起きたのだ。ならば、行かなければならない。

新人記者時代に発生した阪神・淡路大震災取材で、自らが犯した過ちのために取り返しのつかない記事を掲載した。それと同じことを再び犯すのではないか——その恐怖を乗り越える機会《チャンス》に思えた。

こんな日に真鍋と会っていたのも偶然と片付けられないほどの宿命を感じた。そして、昨夜、あの夢を見たのも……。

2

帝国ホテルを過ぎたところで、携帯電話が鳴った。発信者は妻の藍子《あいこ》だった。現地に行かねばという衝動に我を忘れて、家族の安否などすっかり忘れていた。

「圭介《けいすけ》、無事なのね」

普段は気の強い妻なのに、今日は声に悲愴《ひそう》感が交じっている。

「大丈夫か」

「大丈夫なわけないでしょ。もう絶対、高層マンションなんて住まない。今も揺れ続けていて吐きそうよ」

自宅は勝どきにある高層マンションで二九階の角部屋だった。免震構造がしっかりしているため建物が長時間にわたって揺れると、内覧会では説明を受けた。眺望を気に入った藍子がほぼ独断で買った住まいだが、恐怖に加えて不快に襲われるというのはさすがに可哀想だった。

「陽一は？」

通常なら四歳の息子は幼稚園から戻っている時刻だ。

「いるわよ。ちょうどお迎えに行って、戻ってきたところで揺れたの」

「代わってくれ」

「今日は帰れそうなの？」

「努力する」

藍子とは再婚だが、彼女は妊娠するまではテレビ局で報道記者をしており、夫の職業を良くも悪くも理解している。

「お願いだから被災地取材とか志願しないでよ」

返答に困っていたら、息子が出た。

「パパ、ぼく、こわくないよ」

「陽一は偉いな。ママを守ってくれよ」

「うん。おしごとがんばってね」

「オッケー。ママの言うことをよく聞いてな」

子供なりのやせ我慢だと思うと、申し訳なかった。

「パパといっしょにつくったガンダムのプラモが、たなからおちてこわれちゃったの。ごめんね」

「帰ったら一緒に直そう。大事に箱にでも入れておいてくれよ」

「うん！　じゃあね」

息子は明るく答えると、母に代わった。

「揺れが収まるまで、家から出ない方がいい」

「ご心配なく。そのつもりよ」

電話を切ると、すぐにまた電話が鳴った。

「今、どこだ」

名乗りもせずいきなり用件に入るのは、高飛車な社会部筆頭デスクの摂津《せっつ》しかいない。

「帝国ホテルの前を過ぎました。この地震、どうなってるんですか？」

「震災特別取材班のサブデスクをやって欲しい」

妥当な指名ではあるが、サブデスクでは被災地に行けない。

「私にはサブデスクなんて無理です。それより現地に行かせて下さい」

「なんだと」

「私は阪神の経験者です。そういう者が現地に陣取ってキャップをすべきです」

「大嶽、おまえ年を考えろ」

確かに三八歳の中堅には、災害現場の最前線取材は過酷だろう。だが、大災害取材の経験者が現地に行けば、記事の厚みが格段に増すはずだ。それに私は何としてでも現場に行かなければならないのだ。

「阪神を体験した記者の中では、私が最年少です。私が行かないで誰が行くんです？」

「部長と相談する。三〇分以内に社会部に上がってこい」

無茶な命令に笑いそうになった。平時なら会社までタクシーで五分とかからない地点にいる。歩いても三〇分以内は余裕の時間設定だ。だが、人の波をかき分けて進まざるを得ない現状では、人を突き飛ばしながら前進するしかなかった。


汗だくになって本社の前まで来たものの、今度は人の流れから抜け出すのに苦労した。何度か罵声を浴びながらも転がるようにして離脱した。思わず正面玄関の石段にへたり込んでいたら、何人もの記者が出入りしている。それを見て気合いを入れ直した。

停電のために玄関ロビーは薄暗く底冷えしていた。汗が引くと同時に耐え難い寒さに震えたが、それを堪《こら》えてエレベーターホールに向かった。当然だがエレベーターも停まっている。非常階段の方を見ると、まるで火災訓練かと思うほど混雑している。神田から歩いてきたのに、階段で四階の社会部フロアまで上がるのか。うんざりしていたら、後輩が駆け寄ってきて七階の大会議室に集合だと言われてさらにうんざりした。

日頃の運動不足を呪いながら七階まで上がった。その間も、次々と顔見知りの記者が階段を駆け下りていく。取材先に向かうのだろう。

大会議室は大混乱だった。ウチにはこんなにいたのかと呆れるほど大勢の記者がいた。至るところで怒鳴り声が上がる。窓際のホワイトボードに文字を殴り書きしている社会部筆頭デスクの摂津を見つけた。

ホワイトボードには、気象庁発表として午後三時一四分、宮城県沿岸部に一〇メートルの大津波警報とある。

何台ものホワイトボードが横一列に並び、〈首都圏〉〈岩手〉〈宮城〉〈福島〉〈霞が関〉〈自衛隊・警察〉〈その他〉とある。首都圏のところには、既に大勢の記者の名前が書かれていた。

「大嶽現着です」

背後で声を張り上げると、殴り書きしていた摂津が手を止め腕時計を見た。

「三分遅刻だな」

「四階には到着していました。それより、さっきの件、叶《かな》いそうですか」

「ちょっと、待ってろ」

摂津は会話を中断して、記者一人ずつに指示を飛ばしている。その合間に箱詰めのままテーブルに置かれているミネラルウォーターのボトルを取って、椅子に座った。ようやく足を休められて全身が脱力した。

断続的に余震が来るが、もはや誰も気にもしていない。

じっとしているのがもどかしくなって、テーブルに無造作に積み上げられているメモ帳を取った。表紙に〈二〇一一年三月一一日、大地震@東京〉と書いて、神田のホテルから社に上がるまでの経緯を書き始めた。

「お台場で火事発生！」という声が上がった。

摂津は近くにいた若い記者二人を捕まえると「行ってこい」と怒鳴った。

「おい、なんだこれは」

大画面テレビの前に立っていた記者が叫んだ。

『宮城県名取《なとり》市の現在の映像です。高さ一〇メートル以上の津波が次々と沿岸に押し寄せていま
す』

アナウンサーが感情を圧し殺して実況中継している。

津波はゆっくり進んでいるように見えるが、大波が壁のように盛り上がって地上のあらゆるものを呑み込んでいる。

これが津波……？

ざわついていた室内が静まり返った。大半の記者がテレビの前に集まって映像を見ている。

「あ、車が」

走行中の自動車に濁流の先が忍び寄ったかと思うと、あっさりと乗用車を捕まえた。プラスチックのミニカーかと思うほど軽々と水に浮かんで数回横転したかと思うと、濁流の中に消えた。見たこともない光景だった。全員が呆気に取られたまま画面に釘付けになっていた。

「あの車、人が乗ってるんだろ」

「これは、どこだ」

「名取市って言ってるぞ」

「名取市ってどこだ」

金縛りが解けた記者たちがさっそく情報収集に取りかかる。だが、明らかに部屋のムードは先

ほどとは変化していた。

私はもう一冊メモ帳を手に取り、その表紙には〈被災地情報〉と書いた。そして日時と先ほどのニュースを放送した局名をチェックしてから、目にしたばかりの映像についての所感を記した。

「九段会館で天井崩落事故だ！　死者が出たらしい！」

あちこちで鳴る固定電話を記者が取るたびに、新しい情報が増えていく。

「仙台空港が、津波に呑まれました！」

「大洗《おおあらい》港で、津波被害」

「市原の石油コンビナートで火災発生！」

入ってくる情報の一つ一つがどれも号外級の凄まじさだった。まさに非常事態だ。日本が壊滅するのではないかという考えが不意にリアルな恐怖に変わった。誰も彼もが浮き足立ち声を張り上げることで、何とか正気を保とうとしているようだ。

こういう時は、考える前に動け、だ。

とりあえず現場に向かおうと立ち上がった時、摂津と目が合った。摂津は隣室に繋がるドアを指さして〝ちょっと来い〟と意思表示した。

3

隣の中会議室の席は、ほぼ埋まっていた。出席者の顔ぶれは、後輩記者ばかりだ。社会部次長の平井がこちらに気づいて手を挙げた。

「これで全員だな。部長、お願いします」

鬼軍曹と呼ばれているスキンヘッドの平井が、社会部長の時任《ときとう》に話を振った。平井の方が記者歴も長く実力もはるかに上だが、見るからに上品そうな時任は社内政治が抜群にうまく下克上を成功させた。だが、平井はそんなことなど気にならないらしく、年下の上司に礼を尽くしている。

時任は小さく咳払いをして口を開いた。この非常事態でも、三揃《みつぞろ》いのスーツに乱れはない。

「未曽有の大震災が発生したと考えられます。我々社会部は震災特別取材班を組織して、取材に当たります。ここに招集したのは実力派ばかりです」

そこで時任がわざとらしくこちらを見た。なぜお前がここにいるのだと言いたげだ。

「栄えある特別取材班の第一陣の名に恥じないように奮闘して下さい」

まるで連載企画の打ち合わせかと思うように淡々と告げられた。全てを理解してこの落ち着きなら時任は凄《すご》い傑物だが、単に事態の深刻さを把握できていないだけと思われる。

「特別取材班の本部長は編集局長にお願いしていますが、私が補佐役に当たり、他部署との交渉や紙面の調整を行います。そして、特別取材班の班長は平井さんです」

安堵《あんど》したのは私だけではないはずだ。社会部長は時折、衝動的に「陣頭指揮を執る」としゃしゃり出る悪い癖がある。そのせいで現場は大混乱を来し、挙げ句に誰かの責任問題に発展する。今回も張り切って先頭に立つのではないかと心配したが、平井次長が班長なら一〇〇倍仕事がしやすい。ただし人使いは荒い。

「情報が錯綜しているものの、こいつは間違いなく阪神・淡路大震災に匹敵すると俺は見ている。とにかく全て余さず記録しろ。もちろん他紙を圧倒することも忘れるな」

平井の最大の欠点を思い出した。他紙と異なる記事を書くことこそが記者の本分だと、彼は確信している。

誰にも書けない記事を書くことは、私自身も常に意識しているが、他紙との比較など、どうでもいい。大切なのは、うっかり見過ごされていたり、政府が隠したがるような情報《ネタ》をきちんと掘り起こして記事にすることだ。

「発災直後に既に計九人が陸路で、岩手、宮城、福島に向かっているが、彼らは発災時に社にいた寄せ集めだ。つまり第一陣は間違いなくおまえらだし、その気概を持って現場に臨め」

全ての記者に、おまえこそがエースだと言うのも平井の口癖だった。最高の賛辞なのに、彼が言うと単なるかけ声と大差ない気がする。それでも、大半の記者は嬉しそうに頷《うなず》いてしまう。案の定、この部屋にいる連中の半分がそんな反応をした。

「明朝六時、羽田に集合しろ。東北自動車道が通行止めなんだ。たとえ通行可能だとしても緊急車両優先だろうからまともに機能しないだろう。なので、まずは日本海側に出て、そこから東進して被災地入りだ」

簡単に言うが、随分大層なことだ。

「チケットは確保済みなんでしょうね？」

思わずそう訊ねていた。

「明日の朝一の便を各五人分ずつ押さえた」

震災発生からまだ三時間足らずだ。それで、明日の朝一の便を各五人分ずつ押さえたのはさすがだ。

「秋田、庄内、新潟の各空港には、ジャンボタクシーを手配している。各県ごとにキャップを置く。現地での活動はキャップの指示に従え」

私は、宮城班のキャップを命ぜられた。一応、希望は叶えられたわけだ。ニュース映像で見た泥のような津波に襲われていた名取市も含まれている。

平井の指示が一区切りつくと、数人が手を挙げた。

「連絡手段はどうしますか。携帯が繋がらないと思うんですが」

「衛星携帯電話を各班二機ずつ用意した。それで対応してくれ」

「写真部は来ないんですか」

「写真部は別動隊で出す。カメラは各自持参だ。そもそも記者の基本だろ」

「ネット環境に?」

「そんなもん知るか。自分で探せ」

質問が続くうちに若い記者の顔に不安の色が差す。状況不明の被災地にいきなり放り込まれて取材してこいと命じられているのだ。不安になって当然だった。

「取材は社会部だけでやるんですか。政治部や経済部からも人が出るんですか」

「俺は知らない。一つ言い忘れたが、現地滞在は十日以内とする。俺は一カ月は頑張って欲しかったんだが、編集局長命令だ」

十日じゃ短すぎる。そう反論しかけたが、平井は息つく間もなくまくしたてている。

「おまえらのために一面を空けておく。日本中が、いや世界が目を剥くような取材をしてこい」

〝エース記者〟たちのテンションがすっかり落ちている。平井にハッパをかけられて、のろのろと重い腰を上げた。

「悪いが、キャップ三人だけ残ってくれ」

人数が減って、急に風通しが良くなった。

平井はパイプをくわえると、火をまんべんなく回してから、煙と共に言葉を放った。

「おまえら三人は、皆、キャリアなんだから、誰よりも頑張ってこい」

「なんですか、キャリアって」

「大事故あるいは、大震災を経験している」

薄々分かっていたが、面と向かって言われると嫌な気分になる。

「中野は、地下鉄サリン事件の時、警視庁にいた」

岩手班のキャップを任命された中野は第一陣チームの最年長記者だった。

一九九五年三月二〇日朝、首都圏の地下鉄車内に毒ガスのサリンが同時多発的に散布され、乗客乗務員合わせて一三人が死亡、約六三〇〇人が負傷した。宗教法人オウム真理教による犯行で、社会に大きな衝撃を与えた。事件当時、中野は警視庁担当で、肉親を失った被害者の悲しみを切々と綴った記事を書いている。

「まあ、ほとんど役に立ちませんでしたけどね」

「謙遜しなさんな。乗客を誘導していて亡くなった地下鉄職員とその家族のルポで、新聞協会賞を取ったんだからな」

「じゃあ、私は、二〇一〇年のハイチ地震の取材をしたのが買われたんですか」

福島班のキャップである女性記者、高村佐由理《さゆり》は私の五期後輩だった。

ハイチ地震は三一万六〇〇〇人もの死者数を記録した大災害で、政情不安の状況下での支援活動は大混乱し、現場取材は困難を極めた。

「自衛隊の国連平和維持活動《PKO》に同行して書いた記事は、今でも俺の胸に強く残っている」

確かにあの記事も迫力があった。

「なんだか、俺だけ、場違いみたいですね」

「何を言ってる。おまえは、記者一年生で阪神・淡路大震災初日に、一面を華々しく飾ったじゃないか」

思わず平井を睨みつけた。

確かに彼の言う通り、阪神・淡路大震災の時、発災の翌日の朝刊一面を飾る記事を書いた。生き埋めになった九歳の少女を、住民が協力して救った模様を伝える記事だ。だが、あれには悲劇的な後日談がある。

私はそのせいで被災地取材ができなくなり、最後は遺体安置所の前で、誰彼かまわず「ごめんなさい」と謝り続けるという奇行を繰り返した。挙げ句に、それをからかった先輩と支局内で大立ち回りをしでかして、岡山支局の通信局に〝左遷〟されたのだ。

平井はその過去を知っている。それだけにあの記事を褒め上げたのは、私への侮辱だった。

あんた、何を考えているんだと睨んだら、平井は平気で視線を合わせてきた。

なるほど、そういうことか……。

以前、平井と二人っきりで深酒した時、私は阪神・淡路大震災でのつまずきを吐露した。あの時の平井の言葉が蘇った。

――俺も似たような経験をした時、当時のデスクに「それは失敗じゃねえな。不可抗力だ」って言われた。その過去を乗り越えるためには、似たような現場に立つことだってな。約束通り、そのデスクは、別の大災害の現場に俺を派遣してくれた。今度、何かあったら俺がおまえを現場に投入してやる。

つまり、平井はすべてを承知の上で、私に「チャンス」を与えてやったと言いたいわけか……。望むところだ。

「実際のところ、他の連中が被災地で使いものになるかどうかは分からん。少しでも様子がおかしくなったら、すぐにこっちに戻していいからな。俺が期待しているのは、おまえら三人だけだ」

酷《ひど》い話だが、平井の意見は否定できない。

「無理に、あいつらを気遣わなくていい。人数が少ないんだ。昼間は二人一組で担当エリアに送り出したら、あとは個々の判断に任せてしまえ。ただし、毎晩、連中の顔色だけはチェックしてくれるか」

本当は誰よりも平井自身が被災地に行きたいんだろう。平井は、一九八五年の日航ジャンボ機墜落事故で名を馳《は》せた猛者《もさ》だ。

「だったら、なんでチームで動けなんておっしゃったんです？」

「そりゃあ大嶽、チームワークが大好きな部長の意向だろう」

中野が雑《ま》ぜっ返した。平井は渋い顔をしている。

「被災地に入れば、チームワークもクソもない。個々人のサバイバルゲームだ。なのに、あの御仁はきれい事ばかりやりたがるんでね。だから、潰れた奴はすぐに強制送還してくれ。代わりを出す」

「私が潰れたら？」

高村の問いに平井は笑ったが、彼女は真剣だった。その気持ちは痛いほど分かる。

「その時は自己申告するんだな。取材方法について何の強制もしない。チームで動きたければそうすればいい。俺が欲しいのは結果だ」

結果か……。それは何を指すんだ？

「封筒に一〇〇万円入っている。足りなくなったら連絡しろ。命を守り、結果を出すためにも、カネは惜しむな」

第二章　被災地へ

首都、立ち往生

神田のホテルでも激しい揺れに襲われた。ラウンジの洋酒棚が倒れ、壁のガラスが割れるなど一時騒然となったが、けが人はなかった。

岡山県から宿泊に来ていた男性（六一）は、「何が起きたか分からなかった。妻が、銀座で友人と会食しているのが気がかり」と、表情を曇らせていた。

【三月一二日毎朝新聞朝刊・社会部・大嶽圭介】

1

玄関のドアを開けると、藍子がいきなり抱きついてきた。

背中をさすってやりながら、私は東北取材の件をどう切り出そうかと思案した。

その気配を察した妻は私から離れた。

「まさか、これから取材に行くんじゃないでしょうね」

妻の怒りを鎮めるような理由を考えつく前に頬をぶたれた。

「どういう神経しているの。こんな非常時に私と陽一を放って、東北に取材旅行に出かけるわけ？」

「ごめん。でも、そういう仕事だ」

「でもあなた以外の人にはできない仕事でもないわ。どうせ俺が行かなくて誰が行くんだとか言って、張り切って手を挙げたに決まってる」

そんなことはないと否定したが、藍子はまったく聞く耳を持たない。

「なんで、自分こそが最前線にいなきゃならないって思えちゃうわけ」

この衝動を説明するのは難しいし、理解して欲しいとも思わなかった。敢《あ》えて言うなら、それが記者の血というやつだ。

「また昔の後悔が湧いてきたのね」

「何の話だ」

「阪神大震災の時の失敗を克服したい」

「そんな個人的な事情を、会社が考慮してくれると思うか。行けと言われたら行くしかないだろ」

ウソを見抜く力に妻は長《た》けている。冷笑と共に一瞥《いちべつ》をくれて、妻はリビングに戻った。私が靴を脱いで上がると、入れ替わりのように陽一が駆けてきた。

「パパ」

「ただいま、よく頑張ったな」

息子を抱き上げて言った。

「ママはこわいっていってたけど、ぼくはだいじょうぶ」

「明日からも、ママを頼むぞ」

「じしんのところにいくの」

妻がそう言ったのだろう。

「どんな大変な地震が起きたのかを伝えるのが、パパの仕事だからな」

「だいじなおしごとだもんね」

不安そうに覗き込んでくる息子と目が合って、胸が詰まった。

「ぼく、がんばるよ。でも、じしんはもういやだ」

その時、余震が来た。不快な緩やかさで家全体を揺らす。陽一は小さく悲鳴を上げると、私に抱きついてきた。

「陽一、ディズニーランドの乗り物と同じだ。あれみたいに床がゆらゆら揺れているだけだ。だから全然怖くないんだ」

だが、息子は全力でしがみついている。腕が痛いほどだ。

妻がじっと見つめていた。こんなに怯えている息子を置いて、あなたはそれでも被災地に取材に行くのかと咎《とが》めている。

もちろん「YES」だ。なのに妻よりも先に目を逸《そ》らした。

添い寝していた息子が眠り込んだところでリビングに戻ると、妻が食い入るようにテレビを見つめていた。

画面の中で、夜の川が燃えていた。水上の火災なので、オレンジ色の炎がゆらゆらと流れているのが不気味だった。

市原のガスタンクは、まだ鎮火できないのか……。

東京本社では津波の被害状況がまったく摑めず右往左往していた午後五時頃、市原市にあるコスモ石油千葉製油所の液化石油ガスタンクが爆発炎上した。原因は不明だが、一部の周辺住民に避難勧告が出ていた。その続報かと思ったが、中継地として表記されているのは別の地名だ。

気仙沼《けせんぬま》？　千葉じゃないのか。

「ああいう場所が、あなたを呼んでいるわけだ」

テレビ音声の消音《ミュート》を解除したために、藍子の皮肉の後半はリポートの声にかき消された。

『沿岸部の石油貯蔵タンクが津波に襲われて、出火した模様です。川を遡るように火災が広がり、街を呑み込んでいます』

テーブルに放置されていた陽一のスケッチブックを手に取り、出火している地区や状況を書き込んだ。

いきなりテレビが消えた。藍子がリモコンを手にしている。

「何をする。宮城県担当なんだ。だから」

妻の顔がさらに険しくなった。

「藍子、頼むよ。そんな子どもじみた真似はよせ。別に家族を蔑《ないがし》ろにするつもりはない。でも」

いきなりリモコンを投げつけると、藍子は立ち上がった。

妻だってかつては報道部に身を置いた人間なのだ。こんな甚大な災害が起きれば、一刻も早く現地に入りたいという生理は分かるはずだった。

「なんだか、随分変わったな」

「あなたは変わらない。いや、変わらなさすぎる」

それはいけないことか、という言葉は呑み込んだ。藍子が言いたいのは、記者である前に夫であり父であれということだ。

「ずっとそうやって青臭いガキやってなさいよ。報道という仕事の高揚感が他では得られない独特のものというのは分かる。でも、陽一が生まれて、私は家族が一緒に成長していく楽しさを知ったわ」

家族の存在は私にだってかけがえのないものだ。だが、夫や父としての義務と甚大災害の取材とを比較するのがそもそも間違いじゃないのだろうか。藍子には申し訳ないが、これは生き方の問題だった。

「私、今度実家に帰ったら、もう戻らないつもり」

こんな時に愚かなことを言うなと怒鳴ってやりたかった。だが最近の互いの関係を思うと、口をつぐむしかない。

妻は、陽一のいる寝室に入ってしまった。暫《しばら》く目を閉じて気を鎮めた。だが、すぐに気仙沼の状況が気になってテレビをつけた。発災直後の津波映像が映し出された。

一体あそこでは、何が起きているんだ。津波が押し寄せると、直前まで存在した建物や樹木、その他あらゆるものがなぎ倒され呑み込まれている。津波とはこれほど凄まじいものなのか。乏しい想像力では、実感が湧いてこなかった。それは私だけではないはずだ。

映像だけでは伝わらないものがある。それを伝えるために記者がいる。だから現場に行くしかないのだ。

東北行きの支度をしていると、後輩の遠藤から電話が入った。警視庁記者クラブで捜査一課担当の記者だが、今回は同じ宮城班だ。

「ウチのハイヤーの運転手と話をつけて、羽田空港まで自家用車で送ってもらうことになりました」

遠藤は大学ラグビー部で活躍した経歴の持ち主で、体格もごつくてやたら迫力がある。そのくせ人なつっこいところがあって、会社の受付や官庁の清掃作業員にまでネットワークがある。ハイヤーの運転手も、そういう人脈の一つなんだろう。

「助かったよ」

「午前四時にご自宅まで迎えに上がります」

羽田までの交通手段がなく、とりあえず妻の自転車で行けるところまで行って、途中でタクシーを見つけたら拾うつもりだった。あまり気が乗らないプランだっただけに、遠藤の機転はありがたかった。

もう一度礼を言って電話を切ろうとしたら、遠藤に引き止められた。

「あの、ご家族はどうされるんですか」

遠藤には、生まれたばかりの乳児がいる。

「嫁の実家に避難すると思う」

「そうですか……、いずれにしても藍子さんですもんね。嶽さんとこは安心だな」

遠藤は、記者時代の藍子も知っている。

「そうでもないよ。散々詰られた」

乾いた笑い声が返ってきた。

「目に浮かぶようです。でも、ウチはかなり深刻で。ずっと泣かれています」
普段明るい遠藤の声が、ひときわ沈んでいた。
「午後九時過ぎの官房長官の記者会見で、福島第一原発の冷却装置に問題が生じたとして、地元住民に避難勧告が出たでしょ。そのせいで、今すぐどこか安全な場所に逃げたいと喚《わめ》かれまして」

地震発生直後に、原子炉は自動停止したと発表されたはずの東京電力福島第一原子力発電所は、午後三時四二分、2号機の交流電源全てがダウンする全交流電源喪失《SBO》に陥った。そのため、原子炉内の安全を確保する緊急炉心冷却《ECCS》システムが作動しなくなった。

官邸も原子力安全・保安院も「原子炉には問題がなく、現在、電源車が現地に向かっているので、いずれ収束する」とアナウンスを繰り返していた。

官邸から、SBOの第一報があった直後に、東電OBの知人に電話を入れた。

原発セクションに長く所属した技術者で、今後の見通しも含めて、詳細にレクチャーしてくれた。それによると、SBOというのは、原発ではあってはならない異常事態で、過去にもほとんど例を見ない。

ただ、外部から電源が確保できれば、その事態は収束するし、とにかく何らかの方法で冷却水を格納容器に入れて原子炉を冷やすことさえできれば、少なくとも大惨事は回避できるらしい。
「それぐらいの知識は、エネ庁の職員や原子力安全・保安院の関係者も充分すぎるほど持っているので、心配しなくてもよいのでは」と言われた。

その後、新潟県にある柏崎刈羽原発からの電源車が現地に向かっているという官邸情報がもたらされた。

経産省や東電で情報収集している記者たちの反応も、切迫するほどの危機感はなかった。

それでも、まさかを考えて、福島に行かせて欲しいと平井に直訴した。

平井は暫く思案した後、「そんなやばい状況なら、なおさらおまえを行かせたくないよ」と却下した。

社内には、「大嶽は独断専行しすぎる」という悪評がある。しかしそれは誤解で、自分の目と耳でしっかりと確かめた上で、上司に情報《ネタ》をあげているに過ぎない。なぜなら、中途半端な状況で上申すると、あっという間に大騒ぎとなり、事件の本質を見失う可能性があるためだ。

最前線の記者は猟犬に徹せよという考えが、編集局幹部の多数意見だった。つまり、獲物をくわえたら、一刻も早く主《あるじ》に持参せよということだ。それをどう料理するかは、主が決める。だが、彼らは獲物をニュースバリューでしか判断しない。その結果、事件の一側面しか見ずに、記事を作成してしまう過ちを犯しがちなのだ。

だから、可能な限りの情報を集め、本質が何かを見極めた上でしか、上司に原稿をあげないことにしている。上司から見れば、それが身勝手に見えるのだろう。

私は平井に「無茶はしませんから」と食い下がったが、平井は首を縦に振らなかった。

それが夜になって、福島第一原発から半径三キロ以内の住民に向けて官邸は避難指示を出した。

「原発の状況が悪化していると思いませんか」

「電源車が到着すれば収束するんだろう？」

「避難指示エリアが広がってます。うまくいってない気がするんですよね」

考えてみれば、とっくに電源車は福島に到着している時刻ではある。

「電源車は、どうした？　福島第一原発に到着したんじゃないのか」

「同期がエネ庁にへばりついているんで訊いてみたんですが、まだ正確な情報が摑めていないそうです」

震災で道路が傷んでいるために、通常より到着までに時間がかかっている可能性はある。だが、それならそうと情報を出すべきだった。

そもそも電源を自衛隊のヘリなどで運ぶのは無理なのだろうか。

「エネ庁も保安院も東電も大混乱で、まともな情報が入ってこないらしいです。だとしても、この状況ってまずいですよ」

ＳＢＯの状態が長く続けば、最終的には原子炉圧力容器内の核燃料が溶融して冷却水の中に落下し、水蒸気爆発という大爆発を起こすらしい。それは、鋼鉄製の圧力容器や格納容器の天井を吹き飛ばすほどの凄まじい破壊力で、同時に放射性物質を半径二〇〇キロにまき散らすのだ。

その危険が迫っているということか……。

もう一度、平井に志願してみようかと思った。

「家族を避難させるべきだと思いませんか」

そういう思考をまったくしていなかった。

「本当に東京がやばい場合は、さすがに避難を呼びかけるだろう」

言ってすぐに、それはあり得ないと思った。

そんな呼びかけをしたら、首都圏が大パニックに襲われる。発災直後の都民のうろたえぶりをみれば、取り返しのつかない恐慌が起きるのは想像に難くなかった。

遠藤が電話の向こうで沈黙しているのは、私と同様の推理をしているからだろう。

記者としては、常に最悪の事態を想像してしまう。だが、身内を避難させるべきかと問われれば、「ちょっと大げさじゃないのか」という楽観主義が頭をもたげる。

「遠藤、そんなに心配なら、おまえが東京に残れるよう俺が平井さんに掛け合おうか」

「やめて下さいよ。僕自身は被災地取材に行きたいんです。でも、嫁に泣かれるとなんだか極悪人になった気がして」

おまえはいい奴だな、遠藤。

「すみません、日本の一大事につまらないことを言いました。では、後ほど」

遠藤は健全な男だ。妻と乳児を置き去りにする己に罪の意識を感じている。むしろ私こそが極悪人だろう。家族を放任しても何の痛痒《つうよう》も感じていない。

2

三月一二日――羽田空港は、早朝からごった返していた。まるでお盆か年末年始の混雑だ。こんな日に空港にいるのはマスコミ関係者ぐらいだろうと思っていたが、甘かった。とにかく家族連れの客が多い。小さい子どもを連れた母親が疲れきったような顔で搭乗を待っている姿が目についた。出発ロビーで待機している間に遠藤が取材してきた。

「皆、東京から脱出するそうですよ」

まったく想定していなかった。

「もしかして原発事故が止まらないからか」

冗談半分で言ったのに、遠藤が真面目な顔で頷いた。

「避難指示の範囲が、三キロから一〇キロ圏内に拡大されたって、官房長官が発表してますしね」

一番若手の細川俊介が言った。彼も総勢五人の宮城班の一人だ。デジタル版を担当しており、現地での原稿送稿などのサポート役としても期待されている。薄い体でいかにもパソコンオタクに見える細川は、ラジオのニュースをずっとチェックしていた。

「家族連れのコメントは取れたのか」

「アメリカ大使館の友人に、今すぐ二〇〇キロ先に逃げろと言われたそうです」

遠藤の表情がさらに暗くなった。

「似たような話を、私も聞いたよ。私の場合は、フランス大使館情報だったがね」

岩手班の中野が追認した。

「遠藤、社に連絡して、今の話、ここの様子も含めて字にして送れ。細川、国際便の状況をネットでチェックしてみろ。満席なら、それも原稿にして社に送れ」

遠藤は渋面だったが、細川の方はさっそく床に座り込んでノートパソコンを開いた。

「うわあ、海外便はどこも満席ですよ」

細川が脳天気な声を上げた。

「驚く暇があったら、字にしろ。もうすぐ出発だぞ」

最優先で避難すべきは、福島県民なのだ。なのに、福島原発から遠く離れた都会人がカネに物を言わせて我先に日本から逃げ出す。家族を守る者として当然かもしれないが、何か異様だった。

この震災は、人間の醜さまで全部さらけ出してしまうかもしれない。そんなことを考えながら、搭乗が始まった庄内行きの列に並んだ。


庄内は曇天だった。震災直後に降雪があったせいで、一面が真っ白に積もっている。

大荷物をピックアップして到着ロビーに向かうと、〈毎朝新聞〉のプラカードを持って若い女性が待っていた。

「社会部の大嶽です」

声を掛けると、女性は弾《はじ》かれたように頭を下げた。

「お疲れさまです。山形支局の足立です。お車まで案内します」

ジャンボタクシーが正面に横付けされていた。同じ便で到着したＮＨＫや暁光新聞の記者も、似たような車に乗り込んでいる。

「さむっ」

ダウンジャケットを着ているにもかかわらず、細身の細川は両肩を震わせた。

「ひとまず山形支局にご案内します。食糧などもご用意してますので」

午前八時前、六人の記者を乗せたジャンボタクシーは、庄内空港を発車した。

「山形市内は、揺れたんですか」

助手席に座る足立に、遠藤が訊ねた。口調が軽くなっている。どうやら羽田で抱えていた不安も吹っ切れたようだ。

「かなり揺れました。私は山形市役所担当で記者会見中でしたが、その時のＩＣレコーダーを聞くと、誰もが記者失格と言われるほどパニックになってまして。デスクには、それを字にしろって言われて恥かきました」

市役所担当なら入社二、三年目だろう。疲労のせいか目の周りの隈《くま》が目立つが、声には張りがあった。足立はガソリンスタンドに寄ると言った。

「山形市内でも昨夜からガソリンが不足し始めています。給油制限されている上に、一時間以上待ちなんで、このあたりで満タンにしていきます」

「凄い勢いで影響が出ているんだなあ」

遠藤が驚いている。

「山形市のガソリンの大半は、仙台からの輸送です。仙台でガソリン不足が起きている影響が出ているようなんです」

これも記事にしようと細川に声をかけたら、「もう、原稿書いてます。あと一〇分ぐらいで送稿します」と返された。

携帯メールは送受信できるのだが、送稿もできるのだろうか。

「Ｗｉ－Ｆｉは繋がるのか」

「何とかいけそうです」

ノートパソコンのキーボードを叩きながら、細川が答えた。

運転手がガソリンスタンドを見つけて車を停めると、足立は荷台からポリタンクを下ろした。

「予備として携行缶にもガソリンを補充しておきます。ちょっと危険ですが、運転手さんを信じましょう」

給油している間、遠藤を誘って喫煙できる場所を探した。スタンドの店員に訊いて、近くの児童公園に向かった。

「仙台も同じぐらい寒いんですかね」

大きな背中を丸めながら、遠藤はタバコを忙《せわ》しなくふかしている。

「仙台は分からないけど、沿岸部は覚悟した方がいいかもな。おそらく暖を取る場所がない」

念のためにテントは持参していたが、果たして野営が可能かどうかも分からない。

切りのいいところで衛星携帯電話で平井を呼び出した。

「大嶽です」

「メールは読んだ。順調か」

何が順調なのかは分からなかったが、「はい」と返した。

「原発はどうです？」

「最悪だよ。官邸はパニックになっている。バカ総理が原発事故の現場を視察すると言って、ヘリで福島へ飛んで行った」

かつて市民運動家であった経歴が自慢の総理が思いつきそうなことだ。だが、震災対策と原発の危機管理という重要な局面で、日本政府の長である総理が官邸を空けるなんて、それこそ犯罪行為じゃないか。

「俺も行った方がいいと思いませんか」

「どこへだ」

「福島です」

「おまえもくどい男だな。諦めろ。福島班は、会津若松で待機させているんだ」

「待機？」

「記者の安全のためだ。政府からも強く言われている。マスコミといえども原発から二〇キロ以上は離れろ、とな」

なんだそれは。企業としての危機管理なんだろうが、記者としては呆れた話だ。そういえば、東京のテレビ局の報道スタジオで、ヘルメットを被っている滑稽なアナウンサーがいたのを思い出した。

「羽田を発つ前に送った原稿は、どうなりました」

「面白いがな、一応控えた」

「なぜです」

「今は、被災地のニュースが最優先だろう。それにあんな記事を出したら、都内がパニックになる」

「言っている意味が、分かりませんが」

そんなことまで、新聞社が心配する必要がどこにある。

「いつから、ウチは都民の皆様の安全を守る保安会社になったんです？」

「ごちゃごちゃ言うな。上が決めたんだ。それより、メールは受信できるのか」

「今のところは」

「現在、把握している宮城県の被災状況を送る。この地震は、阪神より酷いぞ。既に今の段階で死者・行方不明者は数千人を軽く超えているらしい」

阪神・淡路大震災の死者・行方不明者は、六四三七人という戦後最悪の数字を記録した。それ以上だというのか。急にタバコがまずくなった。

「覚悟します。それと、細川が短信を一本送ります。山形でもガソリンが不足し始めているんですが、その理由が面白いと思います。記事にするかどうかは、お任せしますが」

嫌みを込めて電話を切った。

「獄さん、大丈夫っすか」

私が不機嫌なのを敏感に察知した遠藤がすかさず訊ねた。

「何がだ」

「なんだか、苛《いら》ついてるようなんで」

「気のせいだ。じゃあ、行くか」

私の分まで吸い殻を始末してくれた後輩の背中を叩いて、ジャンボタクシーに戻った。

3

山形支局で食糧などをたっぷり車に積み込んで、仙台市内に入った時には午後二時を過ぎていた。天気はますます悪くなり、冷たい雨が降っている。思ったほどの被害はなさそうだ。よく見ると壁が落ちていたり、ブロック塀が崩落していたりはするものの、倒壊した建物や火事が発生しているような場所はなさそうだ。何より、ニュース映像で散々見たような津波の爪跡がない。だが停電しているせいか、街そのものに生気はない。

「街が機能停止しているってのは、昼間でも不気味ですね」

車窓越しに一眼レフのシャッターを切りながら、遠藤が呟いた。こんな風景では、「街が死んだように見えた」という常套句しか思い浮かばない。テレビで見た通りの津波に破壊された風景を想像していたので、拍子抜けした。

「荒浜《あらはま》地区ってのは、どのあたりか分かるか」

ノートパソコンを広げていた細川が、すぐに検索をかけた。

「浜に二〇〇から三〇〇の遺体が打ち上げられたって、ラジオが言っていた場所ですね」

遠藤がそう言って、細川の回答を待っている。

「JR仙台駅から東へ一〇キロほど行ったあたりです」

「支局に近いのか」

「支局は宮城県庁に面してますから、離れてますね」

細川がグーグルマップで位置関係を示してくれた。

「運転手さん、ちょっと寄り道して若林《わかばやし》区荒浜を目指してもらえませんか」

運転手が黙ってカーナビに入力を始めると、車内の緊張感が高まった。

津波の被害が酷い地区を目指しているというだけで、私語がなくなり、誰もが押し黙って窓の外を見ている。

突然、細川がうめいた。交差点に差し掛かるまではまったく普通に見えた店舗のショウウインドウに漁船が突っ込んでいたのだ。

そこから先は見たこともない光景が広がっていた。

建物も路地も街を形成するあらゆるものの判別がつかない。破壊された建材や家財、そしてまるで圧縮機にかけられたように潰れた自動車がそこら中に吹きだまりのように集まっている。

そして、全てに鉛色の泥が覆い被さっていた。

誰も何も話さない。

かろうじて残っている建物も一階部分の横腹に大きな穴が空いている。とてつもない力が壁に加えられ、まるで爆破されたかのように崩壊したことを物語っている。空爆の衝撃――としか思えなかった。

これが津波なのか。破壊の限りを尽くされた街を見ているのに、これが何によって引き起こされたか考えると戸惑ってしまう。水の力でこんなふうに街が壊滅するという事実を、うまく理解できないのだ。さすがに焦った。

最初にシャッターを切り始めたのは、遠藤だった。その音で理性が戻った。

この第一印象を忘れてはならない。

見たもの聞いたこと、全てを記録するんだ。

メモに思いつく限りの言葉を書き殴った。

〈これは、なんだ。いきなり角を曲がったら瓦礫《がれき》の街ってあり得ないだろ！〉

だが、これは現実の光景なのだ。

〈元はどんな街だったのか……〉

そうメモした時に、突然ジャンボタクシーが急停止した。

「これ以上は進めません」

瓦礫が道を塞いでいたのだ。前方を睨んでいた運転手の口からため息が漏れた。このまま待つように告げて、私たちは車から降りた。

車から降りた瞬間、魚の腐臭とドブの臭いが混ざった強烈な悪臭が鼻を突いた。

だが、顔をしかめる者はいない。皆、凍りついたように立ち尽くしている。破壊の凄まじさだけではなかった。生命が存在するとは思えない圧倒的な〝無〟が広がっていた。

一切の音を感じなかった。キーンという耳鳴りのせいかもしれないが、静寂が張り詰めていた。

ロートル記者である和泉《いずみ》一人が、せっせとメモを取っている。和泉は地方の祭事や郷土史ばかりを取材している変わり者で社会部でも浮いた存在だ。特に東北エリアは得意だそうで、被災した沿岸部の土地勘があるという理由だけで選ばれた。私より七歳も年上なのに気を遣わせない雰囲気がある。良くも悪くも自己完結している記者だった。

「あの角にね、メンチカツのおいしい食堂があったんだよ。老夫婦がやっていたのを、息子が東京から戻ってきて継いだばっかりだったんだけどねえ」

食堂の存在を想像できる痕跡がまったくない場所を見ながら、和泉は眉をひそめている。

「この一帯は、貞山堀《ていざんぼり》という松林が並ぶ運河があった風光明媚《めいび》な場所でね。仙台を訪れて時間ができるとよく散策に来たもんですよ」

和泉の説明はありがたかった。あまりの崩壊に、そこに人の営みがあったのを想像するのが難しかったが、具体的な店や風景がここにあったと聞くことで、目の前の荒廃が示す意味の重さを実感できた。地震が奪い去ったのは建物や街の風景だけではない。

私は海岸に向かって歩き始めた。

全てがぬかるんでいた。すぐにウォーキングシューズの中に氷のような水が染み込み、爪先が痛くなった。

私の後ろを、ひたすらシャッターを切る遠藤が続く。

「まるで戦場ですね」

不遜な形容だと思うが、そうとしか言いようがなかった。

元は浜だったと思われる場所に、人が集まっていた。皆、呆然と海の方を見つめている。我々と同業とおぼしき連中が、彼らを取り巻くように微妙な距離を保って立っていた。

人の輪から少し離れたところで中年男性が若い女性記者に盛んに話している。さりげなく会話の聞こえる位置に移動した。

「逃げるのが精一杯だったんだ。娘が転んだのが見えたんで、振り向いて立たせようとした瞬間、波を被ってしまって」

漁師らしいよく日に焼けた男は不意に黙り込んでしまった。女性記者はペンを持ったままじっと話の続きを待っている。倒れた娘がどうなったのか、次の問いを投げるべきなのに、それができないのだろう。

「ずっと捜してるんだよ。でもな、見つかんなくて。あり得んよ、娘の手を離しちゃうなんて」

話を聞くうちに膝から下が震え出した。寒さのせいではない。〝あの時〟と同じような取材を始めようとしているからだ。また〝過ち〟を犯すのではないかという怯えが喉元に込み上げてくる。

怖がるな。必死で自分を奮い立たせた。でないと今まで頑張ってきたものが全て無駄になる。

「お嬢さんのこと、もう少し聞かせてもらっていいですか」

声も震えていたが、他人には分からないようだ。先に男性を取材していた女性記者が睨みつけたが、父親は拒否しなかった。

「九歳になったばっかよ。なかなか子どもが授からなくてね。やっと生まれた一人娘さ。運動神経抜群の子で、運動会ではいっつも一等賞だったしな」

「自慢の娘さんだったんだ」

男がまた拳で涙を拭い、洟《はな》をすすった。

「そうだ。あんた、子どももいるか」

私には陽一の他に、離婚した最初の妻との間に女の子がいる。

「二人います。上は、お嬢さんと同い年です」

そう答えて、座り込んでいる男の隣にしゃがんだ。

「なら、分かるだろう。この無念が」

「痛いほど……。ご自宅がお近くなんですか」

「ああ、すぐそこだよ。大きな揺れが来てさ。それで逃げる準備をしている時に、飼っている犬が逃げ出して。それを追いかけていって……」

ついに堪え切れなくなったのか男が嗚咽《おえつ》した。

後ろにいる遠藤と目を合わせると、〝写真を撮れ〟と合図した。

「諦めるのはまだ早いですよ。私はこれから沿岸周辺を取材します。その合間にお嬢さんの消息を訊ねてみますよ。写真か何かお持ちですか」

男は携帯電話を取り出して、家族三人の写真を見せてくれた。すかさず遠藤が接写した。

「お名前は？」

「未希《みき》ってんだ。未来の希望って書く」

皮肉な名前だ。

「見つかるといいですね。見つかった時のために連絡先を教えてもらえますか」

私はそこで名刺を取り出した。

相手は、名前と携帯電話の番号を教えてくれた。

「どんな些細《ささい》な情報でもいいからさ。記者さん、何か分かったら教えて欲しい」

「もちろんです。西田さん、お仕事は何をされているんです」

「漁師だよ」

「じゃあ、船も流されたんじゃ？」

「まだ、見つかんねえ。でも船はまた買えばいい。それより、未希さえ見つかれば」

遠藤がさりげなく西田の生年月日を訊いて、私たちは悲嘆に暮れる男から離れた。

背後からさっきの女性記者が追いかけてきた。

「あんな酷い取材はないんじゃないですか」

無視したが、女性記者は執拗《しつよう》だった。

「あなたたち、卑劣です。相手の悲しみにつけ込んで、根掘り葉掘り質問して、挙げ句にいかにも親切そうなこと言ってちゃっかり顔首写真《がんくび》まで撮るなんて。その上、まだ生存の望みがあると言わんばかりの出まかせまで」

「未希ちゃんが亡くなっているという根拠はなんですか」

充分男性から離れたと思ったので、はっきりと言い返してやった。

「この惨状を見たら一目瞭然《いちもくりようぜん》じゃないですか。こんな大津波に呑まれて生きているはずがありません」

「見解の相違だな。私はまだ生きている方に賭けている。可能な限り避難所で捜すつもりだ」

思い込みだけで早計な判断を下さない――〝阪神〟で学んだ教訓だった。

「人非人。いいネタ取るために調子のいいことを言っただけじゃないですか」

そう言われて、なぜか肩の力が抜けた。

「おたくも記者だろ？」

「東洋新聞仙台支局の今井といいます」

「じゃあ今井さん、君はあそこで何をしていたわけ？」

「取材に決まってるじゃないですか」

「だが、彼の名前も、未希ちゃんの名前も訊ねられなかった。記者の仕事は、被災者に同情することじゃない。どれほど相手が悲しみに暮れていても、何が起きたかを訊き出さなければこの惨状は伝えられない。安っぽいヒューマニズムなんぞ不要だ」

立ち尽くす女性記者を残して、写真を撮っている遠藤に追いついた。

その前方で自衛官がマスコミ関係者の質問に答えている。

「大勢の遺体が浜に打ち上げられたというのは、事実ではありません。また、ここから先は大変危険なんです。さっきも大きな揺れがあったでしょう。防潮堤が決壊していますから、津波が来たら大変なことになります。なので、速やかに引き上げて下さい」

「海岸は、どんな状態になっているんですか」

遠藤が自衛官に話しかけた。

「我々も海岸には行けないんです」

「ならば遺体がたくさん浜に打ち上げられているかどうかの事実確認はできないのでは？」

遠藤の問いに他の記者たちも大きく頷いた。

「行けるところまで進んで、そこから望遠鏡で確認したんです。また、二時間ほど前、宮城県警からの連絡を受けて、海岸沿いをヘリで低空飛行したんですが、多数の遺体が打ち上げられているというような場所はなかったと報告がありました」

荒浜海岸に二〇〇から三〇〇の遺体というニュースが、ここに来るまでつけっ放しのラジオから何回も流れていた。どうやら、デマだったらしい。震災発生時にはこういう類の情報がよく出る。県警が発表したからといって、必ずしも信憑性《しんぴょうせい》があるとは限らない。

その時、突然足下に揺れを感じた。

自衛官が笛をいきなり吹いた。

「全員、退避して下さい！　津波の危険があります」

　揺れが止んで数秒後、ハンドマイクを持った別の自衛官が、大津波警報が発令されたと叫んだ。

「大津波警報発令。全員、高台まで避難して下さい」

　マジかと思いながらも、駆け出していた。途中、別の被災者と話し込んでいた和泉も合流し、車に乗り込んだ。細川と馬場はとっくに車内にいた。

　我々が乗り込むなりタクシーは急発進した。

「あんまり慌てないで。すぐに大津波が来るわけじゃない」

　そう私が言っても、運転手には聞こえないようだった。彼は前のめりになって車を走らせた。

　ほんの数分海岸から離れると、まるで津波なんてなかったかのような穏やかな街の風景が戻ってきた。

　生死を分ける見えないラインが、被災地には存在する。おそらく我々は、これから一日に何度もそのラインを跨《また》いで、他人の悲劇を掘り起こすことになるのだろう。

ありえんよ、娘の手を離しちゃうなんて

「娘が大事にしていた犬が突然、海に向かって走り出してさ。それを追いかけたんだ」

仙台市若林区荒浜の漁業西田武さん（三九）は、そう言って右手を見つめる。長女未希ちゃん（九つ）の手のぬくもりが今もはっきりと残っている。

スポーツ万能だった未希ちゃんは、西田夫婦にとってようやく授かったまな娘だ。愛犬のルルを追いかけようとしたが、すぐに津波に気づいた西田さんが連れ戻した。しっかり手を握りしめて駆け出したが、未希ちゃんが転倒し、その拍子に手を離してしまった。その直後、津波に襲われ、西田さんは奇跡的に命拾いしたのだという。

それから寝食も忘れ捜し回ったが、手がかりも得られない。そのたびに、手を離してしまった場所に戻ってきてしまう。

もしかしたら海岸あたりで遭難してるんじゃないか。西田さんは、そう思っている。だが、津波によって防潮堤が破壊されて、海岸に近づくことができない状況では、ただぼうぜんと海を見つめることしかできない。

何としてでも、もう一度まな娘の手をしっかり握りしめたい。西田さんはそんな日が必ず来るのを信じている。

【三月一三日毎朝新聞朝刊・震災特別取材班・大嶽圭介】

1

仙台支局は宮城県庁の正面にある。一階は新聞販売店で、二階は記者が詰める支局フロア、三階が会議室で、四階は支局長の住居になっていた。

支局に辿り着いた時は夕暮れまでにはまだ時間があったが、停電のために建物内は既に薄暗い。人の好さそうな支局長と銀髪を短く刈り上げたデスクの中岡が、長旅をねぎらってくれた。先発した第一陣は大渋滞に巻き込まれて支局に到着していなかった。

仙台市内の停電はまだ復旧していないが、仙台支局には自家発電機があったため、電源の心配はない。それでも消費電力を最小限に抑えるために部屋は薄暗く、暖房も切れていた。それがまた陰鬱な気分にさせる。

ホテルで休息しろと支局長は言うが、あの光景を見た後では仮眠すらできそうにない。遠藤らに声をかけて、眠れない者は仙台の街をぶらついてネタを拾えと言った。

私は荒浜での取材を原稿にまとめるために、支局に残った。

送稿するのを見計らったように中岡が声をかけてきた。震災特別取材班のために用意したという三階の会議室に案内された。

手渡されたミネラルウォーターを一気に半分ぐらい飲んだ。喉に染みるほどうまかった。不謹慎かもしれないが、一日の疲れが洗い流されて生き返るようだ。

中岡は今年で四七歳になるはずで、二年前から仙台支局のデスクに就いていた。私が警視庁担当に着任した時のキャップだった。ずば抜けて優秀な記者とは思わないが、一筋縄でいかない後輩を根気よく束ね、モチベーションを上げるのがうまい人だった。

その中岡が、深刻な顔で黙り込んでいる。

「実は、三陸市に取材に行った新人と連絡が取れない」

津波によって壊滅しているとラジオが伝えていた都市の一つだ。

「南三陸町と同様に、市民の半数近くが行方不明だと報じられてましたね」

「市への幹線道路が寸断されてしまって、状況がまったく分からなかったんだが、今日の昼頃、自衛隊が瓦礫撤去を行って、市内に入れるようになった。それで甚大な被害が徐々に判明している」

自衛隊の精力的な瓦礫撤去作業には頭が下がる。

「その新人は、何をしに行ってたんです」

「県版に日曜ワイドという企画記事がある。見開きで記者各人がテーマを設定して、ルポルタージュを書いている」

震災が起きなければ三月一一日は、特別の日でも何でもなかった。

「新人なのに、彼は随分遠いところまで取材に行ったんですね」

三陸市は、石巻《いしのまき》市と気仙沼市の間に位置している。仙台市内からは随分離れていた。

新人記者は通常、県庁所在地の所轄署を担当する。いわゆるサツ回りだ。これらの所轄が扱う事件事故を追いかけるのはもちろんだが、それ以外に地方版用に県庁所在地近郊で集めた暇ネタも出稿する。

「彼じゃなくて、彼女なんだ」

中岡は手元のファイルから写真を取り出した。ベビーフェイスだが気の強そうな女性が写っている。

「松本真希子《まきこ》、普段は仙台市内のサツ担当だ」

「中さんが苦手な、お転婆《てんば》ですか」

中岡は渋い顔で頷いた。彼は女性記者が苦手だった。特に活きのいいタイプの制御に苦労する姿を、過去に何度か見た。

「確かに松本は猪突《ちょとつ》猛進タイプだ。だが、おまえに似たところもある」

「私は沈着冷静が信条ですが」

「まあ、いい。三陸市に自殺駆け込み寺と呼ばれるところがあってだな。そこの住職に取材に行ってたんだ」

年明けから仙台市内で若者の自殺が続いたため、松本は自殺者のバックボーンを取材していたらしい。その中で自殺防止活動をしている駆け込み寺の存在を知り、特集企画を立てたのだという。

中岡が記事のコピーを見せてくれた。

〈生きる喜びを忘れてはならない〉

四段七〇行ほどのコラムで、三陸通信局・広瀬荒太《あらた》の署名があった。

「これを読んだ松本が、宮城県の若者の自殺事件の実態と絡めたいと言い出してね。取材で現地に入ったのが、三月一〇日だ。数日、寺に泊まり込む予定だった」

「寺とも連絡がつかないんですか」

「まったくダメなんだ。海沿いなんで、津波被害に遭ったんじゃないかと思う」

広瀬という記者はどうしたんだろう。

「ちなみに広瀬さんは、今日の午後に遺体で発見された」

中岡があっさりと告げた言葉は、ずっしり腹に応えた。記者だって被災すれば、命を落とす。当たり前のことなのに、記者という人種はなぜか万能感があって、どこに行こうとも死とは無縁だと思い込んでいる。

「広瀬さんは、松本君と行動を共にしていたんですか」

「一一日の午後に広瀬さんが二人を引き合わせる手はずになっていた」

だとすれば、松本も厳しいかもしれない。

「広瀬さんの遺体が発見されたのは、その駆け込み寺付近だったんですか」

「そこまでは分からない。未亡人が公衆電話で支局に訃報を伝えてきたんでね」

状況はある程度理解できた。だが、なぜ私に話すのだろう。

「それで、松本を捜して欲しい」

「は？」

自社の記者の安否確認は重要だ。とはいえ、発災から一日しか経《た》っていない段階で、連絡が取れない記者を捜せというのは過保護にもほどがある。しかも東京からの応援組に頼むなんて筋違いもいいところだ。

「本来、俺か支局長が捜しに行くべきなんだがね、支局長は心臓に持病があるし、俺は腎臓が弱っていて、激務を止められている」

確かに中岡の顔にはむくみがある。

「そういうわけで、俺たちに捜索は無理だ。平井さんに相談したところ、おまえに任せていいと快諾してくれた。無理強いはしないが、頼まれて欲しい」

広瀬という通信局員と一緒に取材していたのであれば、松本が亡くなっている可能性は高い。

「行くのは構いませんよ。でも、それは私の本分じゃないんで期待しないで下さいよ。そもそも残酷な言い方ですが、捜してどうするんですか」

取材中に被災した松本記者には気の毒だが、人捜しは我々の最優先事項ではない。

「とにかく安否確認したいんだ」

中岡の渋面を見る限り、彼としても不本意な依頼らしい。

「必要なら安否確認できるまで現地に留《とど》まってくれてもいい。泊まれる場所を見つけるなり、ジャンボタクシーで寝るなり好きにすればいい」

被災地に派遣される記者に対して、本社は、被災地に滞在して取材するのを認めていない。宮城班は仙台を拠点にするよう指示されている。

津波に襲われた沿岸部は各県の主要都市とのアクセスが極端に悪かった。普通に走っても車で片道二時間以上かかる地域もある。それらの地域と仙台を毎日往復するのは時間の無駄だし、記者を不必要に疲労させると思うのだが、平井曰《いわ》く、「春とはいえ、現地は夜間は零度以下になるらしい。知っての通り、発災直後から雪が降り始めた地域もある。その上、余震による津波の危険もある。そんな場所に記者を置いておけない」と。

要は二次災害防止のためと平井は言うが、社会が変化したことによる弊害だと思う。この一〇年ほどで日本企業は、やけに脆弱《ぜいじゃく》になった。企業としての使命を全《まっと》うするよりも、まずは従業員の安全を優先する。社員に優しいのではなく、責任を取るのが面倒だからだ。

その風潮は、マスコミでは特に顕著だった。今回の取材方法も、その線上にある気がしてならない。

にもかかわらず、松本記者のためなら災害地に留まってでも捜索せよという。ウチの会社は〝女性に優しい〟を標榜《ひょうぼう》していた。

「私は震災特別取材班のキャップですが」

「それも松本の安否を確認するまでは、和泉に代行してもらう」

たかだか一日、連絡がない程度で、なぜそんな無理を通すのだろう。

「何も四六時中捜せとは言わない。現地の被害状況も、しっかり取材して欲しい。迫真の記事を期待している。だが、何とか消息の手がかりだけでも摑んでくれないか」

その執拗さが引っかかった。

「この松本真希子というのは、何者です？」

中岡は一口水を飲んで言った。

「社主のお孫さんだ」

2

発災直後に陸路で東北を目指した先発隊がようやく仙台支局に到着した時は、午後八時を回っていた。街の様子を見てきたらしい遠藤らも戻ってきた。これでようやく特別取材班の記者全員の顔が揃った。

「お疲れだろうから、ひとまず明日についてだけお話をします。先発隊の記者三人も、大嶽君をキャップとする宮城班に編成します。取材の指示は大嶽君から受けて下さい」

和泉がキャップを代行するのは明日の夕刻以降らしい。勝手な差配に不満はあったが、抗議は諦めた。記者をそれぞれ小班に分けてから取材方法について説明した。

「原則的には、二人一組で動いて下さい。第一班は仙台市以南を、第二班は石巻市内を中心に、第三班は南三陸町以北をお願いします。そして、私と細川の第四班は、三陸市と女川町《おながわ》を担当します。明日は、午前六時に出発です」

ホワイトボードに宮城県の地図が広げられ、それぞれの担当区分が示されている。

その日のうちに支局に戻らねばならないことを考えると、現地に滞在できる時間はほとんどない。まさに今、向こうでは何が起きているのか。記者の安全ばかり考えていたら見えるものもほとんど見えない。本音を言えば即刻出発したいくらいだ。

「支局到着の前に、荒浜という仙台市若林区の海岸を見てきたのですが、津波被害は想像以上でした。明日からの取材では、覚悟して臨んで下さい」

柄にもなく訓示めいたことを垂れてしまった。

支局でささやかな決起会を行ってからホテルの自室に戻った。停電の影響で客室も真っ暗だ。ポータブルラジオをつけると、各局の話題は、福島第一原子力発電所の事故で埋め尽くされていた。爆発が起きた原因や、それによって飛散した放射線量、そして、人体への影響などが繰り返し伝えられるのだが、どれもが隔靴《かっか》掻痒《そうよう》の感があった。

すなわち、首都圏の住民も避難しなくてもいいのかという不安に対して答える者は誰もいない。

それにしても全国に五〇基余り原発を抱えながら、事故に対しての対策があまりに杜撰《ずさん》すぎた。これまで原発の安全性というタブーには誰も踏み込まず、電気を使いたい放題に浪費してきたツケを今払っているという現実が重くのしかかった。

遠慮がちにドアをノックする音が聞こえた。

遠藤がウイスキーの瓶を手に立っていた。

「少しだけいいですか」

酒が飲みたいわけではないだろうというのは、すぐに分かった。

ラジオの音量を絞り、支局から配布されたろうそくに火を灯した。遠藤は持参した紙コップに酒を注いだ。

「夕方、中岡さんと話し込んでいらっしゃいましたが、何かあったんですか」

遠藤は目ざとい。正直に話していいものかどうかを考えながら酒をなめた。洗いざらいぶちまけることにした。

遠藤は紙コップを手にしたままで話を聞いていた。

「社主の孫の安否確認のためだけに、エース記者を無駄に使うって……」

遠藤は呆れている。社内政治に配慮する上司を理解する記者など、この世にいないだろう。たとえいたとしてもそれは五流記者だ。

「被災した仲間を捜しに行くのは、重要なミッションだからな」

そう言うと鼻で笑われた。

「でも、社主の孫娘じゃなければ、放っておくに決まってる」

多分その通りだろう。

「気持ちのいい命令じゃないさ。でもな、三陸市は宮城県で最悪の被害を受けた可能性が高い。そこに留まって取材ができるのは、悪い話じゃない」

「嶽さんらしい切り替えですね。それに松本さんの遺体が発見されたら、派手に書くつもりなんでしょ」

かもしれない。

「話ってのは、それだけなのか」

「いえ。実は我ながら情けないんですが、今日、荒浜に立ち寄ってから何を取材すべきなのか分からなくなって……」

「こんな場所に来たら誰だってそうなるさ」

「そういうレベルじゃないんです。どんな状況であっても、伝えるべき筋を整理して出稿するのが記者の本分だと思うんです。でも、僕は器用じゃないんで」

それは私だって同じだ。何を伝えるべきなのか、記者である限りずっと悩み続けると思う。

「見て感じたままを字にすればいいだろう。大災害を前にして、いい記事を書こうなんて思わないことだ」

自戒を込めて言った。

「実は、ここに来ることになった時に、良いことだけを記事にしよう、って決めたんです。でも良いことなんか見つかりそうにもなくて。こんな絶望を日本国内で目の当たりにする事態なんて、まったく考えたこともなかったんです。なのに良いことを探そうなんて脳天気な自分が情けなくて」

「いいんじゃないか、それで。どうせ皆、鵜《う》の目鷹《たか》の目で悲惨話を貪るんだ。最初からいい話だけ追いかける奴がいるのは素晴らしい。それに遠藤らしくていいよ」

からかっているつもりはない。震災が起きたからといって、無惨だの、悲嘆だのと連呼する必要はない。

「僕、嶽さんが、阪神大震災の翌日に一面を飾った記事のような取材をしたいんです」

「あれは、いい話を書こうとして取材したわけじゃない。たまたまそういう場に出くわしただけだ」

それに取材の詰めが甘かったせいで、あの記事は翌日に悲劇を生んだ。

「良い話を書くのは、きれい事じゃないだろ。歯を食いしばって生きようとする被災者の姿を伝えるのは、俺たちの使命の一つだ」

遠藤だってそれぐらいは理解しているはずだ。それでも、圧倒的な破壊を前にして、途方に暮れてしまったのだろう。

「俺は使命感を持たないことにしている」

「どういう意味です」

「目の前で起きていることを伝える。結果として、それはバッドニュースかもしれないしグッドニュースかもしれない。だがそれを判断するのは俺の仕事じゃない。余すところなく被災地の現状を伝える。それ以上は考えない」

明日から本格的に現場に入った途端、そんなニヒリズムは吹き飛ぶだろう。分かっているが、遠藤にはそういう言葉が必要な気がした。

遠藤は背中を丸めて考え込んでしまった。

「このところ、ちょっと仕事で悩んでたんです。記者の仕事に自信が持てなくなっちゃいまして。なんだか人の粗探しばかりして、挙げ句に他社を抜いたらそれでよしみたいな風潮がうんざりで」

予想外の方向に話が逸れた。

「それは正しい自省だと思うけどな」

遠藤は確かにかなり行き詰まっているようだ。

「嶽さん、そんな体験ありますか」

「そんなことは、しないようにしている。でも、アドバイスになるか分からないが、そういう時は事実を誠実に拾うのが最善なんじゃないか」

遠藤はまた考え込んでいたが、今度は顔を上げている。

「ありがとうございます。答えが出たわけじゃないけど、とりあえずはあれこれ考えず、自分が目にした事実について冷静に書くようにしてみます」

それが一番だ。そして、それが何よりも難しい。

3

疲れているはずなのに眠れなかった。

目を閉じると、昼間見た荒浜地区の海岸の様子を鮮明に思い出してしまう。そこに、阪神・淡路大震災で呆然と立ち尽くす情けない己の姿が重なっていく。

阪神・淡路大震災が起きた一九九五年一月一七日、入社一年目の私は支局で泊まり勤務だった。朝刊の最終版用の警戒時間が過ぎた頃から一人で酒盛りを始めて、午前二時過ぎには当直室の煎餅布団に潜り込んだ。

轟音で目覚めた。巨大なトラックが支局に突っ込んできたのかと思った。当直室のロッカーが倒れ、建物全体が恐ろしい音をたててきしんだ。

ここで死ぬんだ。そう思った瞬間、何も考えられなくなり布団の中に潜り込んだ。

揺れが収まると、這うようにして隣室の支局部屋に移動した。床一面にスクラップブックや資料が散乱していた。

何が起きたのだ？　いや、何をすればいい？　そう考えたのと、再び大きな揺れが襲ってきたのと、電話が鳴ったのが同時だった。

電話に飛びついた。

「毎朝新聞です」

「俺だ！　大丈夫か」

デスクだった。声を聞いた瞬間、泣きそうになった。その日から、私にとって消してしまいたいほどの痛恨の被災地取材が始まったのだ。

デスクが支局に到着すると、周辺取材を命ぜられた。恐怖はすっかり消えていて、私は勇んで支局を飛び出した。

支局の目と鼻の先に、神戸市最大の聖堂と伝統を誇る中山手カトリック教会があった。そこら中に得体の知れぬ破片や残骸が散らばっているが、美しい教会だけが整然と聳《そび》えていた。あれほどの震災でもびくともしてないなんて、凄いなと感動したのを覚えている。だが実際のところは教会内部が激しく破壊されており、後に取り壊しを余儀なくされた。

住宅街のある山手の方を目指した。発災したのが早朝だったので、ほとんどの市民はまだ自宅にいる時間だ。

どのぐらい歩いたのか分からない。崩壊しているものを手当たり次第カメラに収めながら、〝あの場所〟に辿り着いた。

一帯は、古い一戸建ての民家が立ち並ぶエリアだった。無傷の建物は少なく、どこもかしこも巨人にでも踏みつぶされたように破壊されていた。

老婦人の悲愴な声が聞こえてきた。

「孫が生き埋めになっているんです！」

声の方向に行ってみると何人かが集まって瓦礫を必死で取り除こうとしている。

その家は二階建てだったそうだが、見る影もなく倒壊している。孫は到底助かりそうにないと思った。

いずれにしても、人力で撤去できる瓦礫の量などたかが知れていた。それよりも取材だと思い、カメラを構えて〝助け合う市民の姿〟を撮った。

「おい、おまえ、何撮ってんねん！」

瓦礫を撤去していた若者にいきなり摑みかかられた。私は毎朝新聞の記者だと告げたが、かえって相手の怒りを増幅させたようで拳で殴られた。

それが合図のようにその場にいる全員が忌々しげに睨みつけてきた。その時、老婦人がもどかしそうに素手で瓦礫を取り除き始めた。

「咲希《さき》ちゃん、咲希ちゃん、頑張るのよ。今、助けるからね。咲希ちゃん！」

呆気に取られていると目の前にショベルが突き出された。

「取材も大事やろうけど、その前に救助ちゃうんか」

パジャマの上からダウンコートを羽織っただけの老人に言われて、私はショベルを握った。やがて、何人もの人々の協力によって小学四年生の塚田咲希ちゃんが救出された。最初に老女の叫びを聞いてから六時間が経っていた。

その後、老婦人から詳しい事情を聞き、救出された咲希ちゃんの写真も撮って、翌日の一面を飾った。発災直後の悲惨な被害ばかりを伝える他紙とは異なり、毎朝新聞だけが生き埋め少女の生還を写真入りで報じたのだ。

しかし、〝美談〟は翌日暗転する。咲希ちゃんが急死したのだ。検死の結果、自宅が倒壊した時に後頭部を強打したことによる脳内出血が死因だと分かった。

掲載紙を渡そうと避難所に行った時に、祖母が教えてくれた。新聞を見た息子夫婦に激しく詰られたとも聞いた。

だが、救出された時、咲希ちゃんは元気そうに見えた。瀕死《ひんし》の人を救うために大混乱していた医療施設で、咲希ちゃんがどの程度の応急処置を受けたのかは分からない。念のため脳のレントゲンを撮る余裕なんてなかったのかもしれない。

医者も、祖母も誰も悪くない。そして、彼女の生還を記事にした私もだ。

だが、〈奇跡の生還〉と見出しがつき、写真にはカメラをしっかりと見つめている咲希ちゃんが微笑みを浮かべて大写しになった記事を見るたびに激しい自己嫌悪に陥った。

奇跡だと書いたのは、完全に崩落した家屋から救出されたからだけではない。市民たちが力を合わせて六時間も瓦礫を除去したこと、さらには咲希ちゃんが生き埋めになっている間は、仏壇が盾になって咲希ちゃんを守ってくれていたからだ。

なのに、翌日、絶望という現実が降ってきた。

その事実を告げると、デスクにその後をフォローして記事にしろと命じられた。とてもそんなことはできないと拒絶したが、「助かったと思った少女が、脳内出血で命を落としたという現実を伝えなくてどうするんだ」と諭された。

一月一九日の朝刊で、咲希ちゃんの死を短く伝えた。そして避難所暮らしの祖母に毎日会いに行き、三日後にようやく取材に応じてもらえた。

「もうダメだって思ったのを、みんなが助けてくれたでしょ。あの子は優しい子だから、近所の人に励まされて気丈に振る舞ったのよ。だから、痛いところがあっても我慢したんだと思う。でも、もっと私がちゃんと様子を観察していたらあんなことにはならなかった」

咲希ちゃんの遺影を抱えた祖母の写真に、その言葉を添えて記事にした。また、一面に載った。

その日から私は、記事の怖さに耐えられなくなった。

その場限りの軽はずみな〝美談〟を作りあげるから、悲劇を大きくするのだ。

私は震災で被災者に向き合えなくなり、ついには取材という行為そのものが怖くなってしまった。

遠藤に偉そうな理屈をぶったが、本当は今日も、あの時の恐怖が蘇ってくるのではと不安だった。

目の前で起きている事実を早合点せず、取材対象との距離感をきちんと測れるのか。そんな自信はかけらもなかった。

4

明け方の余震で、危うくベッドから落ちかけた。
三月一三日——午前五時三三分だった。もう一度眠りに落ちそうになるのを振り払って起き上がった。カーテンを開けると、大型の自家発電機を備えているらしい県庁の一部に灯りがついているだけだった。

夜明け前の真っ暗闇の中、携帯電話のバックライトを頼りに、洗面所のシンクに冷たい水を張った。このホテルにも自家発電システムがあり、最低限の電力は確保しているが、お湯が出ないため、シャワーは浴びられない。洗面所のシンクに溜めた水で顔を洗い、首筋や足は濡れタオルで丁寧に拭いた。

一階に下りると、まだ六時前だというのに大半の記者が顔を揃えていた。全員の点呼を取ると、揃った班から取材に出て行った。

彼らに続こうとした細川を呼び止めた。

「数泊分の泊まりの用意をして、車に積み込め」

「どういうことです?」

「俺たちは、現地に留まる」

「マジですか」

細川の空元気が吹き飛んだ。

「詳しい話は後だ。一五分で準備しろ」

ホテルの玄関前には、既にジャンボタクシーがスタンバイしている。

「おはようございます。ドライバーの堀部といいます」

人の好さそうな年配の運転手だった。三陸市の出身なのだという。若い時に仙台に出てきたせいか今では三陸にはほとんど縁がないそうだが、故郷の様子を知りたかったので自ら志願したとのことだ。

車の後部座席には五日分の食糧や水、それとガソリンの携行缶も積み込まれている。

車に乗り込んで待っていたら大きなスーツケースに、コンビニの袋二つ、パソコンバッグという大荷物で細川が現れた。

「遅くなりました。あの大嶽さん、現地で泊まるって、ホテルやってるんですか」

「ラジオを聞いてないのか。沿岸部は津波で壊滅状態なんだ。営業しているホテルがあると思うか」

細川の顔が青ざめた。

「だとすると僕、寝袋とかないんですけど」

「それなら、二人分の寝袋とテントも積み込んであります」

堀部の助け舟に、細川はむしろ怖気《おじけ》づいている。

――どうしても現地滞在が嫌なら、堀部さんと一緒に帰ればいい。俺たちを送ったらジャンボタクシーは仙台まで戻る予定だ」

今から弱気になる奴なんて、むしろそうしてくれた方が助かる。

「冗談でしょ。僕は、どこまでも大嶽さんについていきますよ。見損なわないで下さい」

まあ、言ってろ。

最後に出発した班よりも二五分遅れで、ホテルを出発した。

東北自動車道は緊急車両以外は通行禁止になっている。もっとも宮城県内の〝規制除外車両確認標章〟は入手済みだから、我々が行けない場所はない。

「なんで僕らだけが現地泊なのか、教えて下さい」

車が動き出すなり細川が詰め寄ってきた。

松本真希子記者の一件を、彼女が社主の孫である点だけ除いて説明した。

細川はいちいち大げさに反応していたが、聞き終わるなり「松本って、社主の孫ですよね」と返してきた。

「なんだ、知ってたのか」

「仙台支局の新人に社主の孫がいるというのは、有名な話ですよ」

社内の噂に無関心すぎるとはいえ、自分がバカに思えた。

「松本の素性は、どうでもいい。我々は、取材中に消息を絶った仙台支局員を捜せと言われた。それで彼女の捜索でロスした時間をカバーするために、現地泊が認められたんだ」

「とんでもない困ったちゃんだそうですね。手に負えない跳ねっ返りで、県警キャップの言うことはおろかデスクの命令すら無視して暴走するとか」

「なんでそんなに詳しいんだ？」

「ウチの若手社員が運営している裏サイトの存在を知っていますか」

私が首を振ると細川は続けた。

「若手社員が集まって上司や先輩の横暴をぼやくサイトなんです。そこで社主の孫の傍若無人ぶりが話題になったことがありまして」

そのサイトは管理人の承認がなければ、参加できないらしい。

「言っておくが、つまらん書き込みとかすんなよ」

「しませんよ、そんなこと。でも、発災から三日目になっても連絡がつかないんですから、既に死んでる可能性が高いんじゃ」

「軽はずみなことを言うな。それより、三陸市の情報を頭に叩き込んどけ」

いきなりフラッシュメモリが差し出された。

「予習は、ばっちりです」

ノートパソコンを開いてメモリを差し込んだ。

〈東日本大震災時系列【2011/03/13/3:27 現在】〉

〈三陸市概要〉

〈三陸市被害【2011/03/13/3:19 現在】〉

三つのワードファイルのアイコンが浮かんだ。

「これを一晩でやったのか」

最初にクリックした震災の時系列は、数分刻みで書かれている。

「興奮して眠れなかったので」

呆れるしかないが、気持ちは分かる。

〈三陸市概要〉をクリックした。

〈三陸市は、平成の大合併で五つの町村が一つになって誕生した。人口は四万三〇〇〇人で、県内屈指の面積を誇る割には少ない。沿岸部から山間部まで県の中心に横たわるように位置するが、栄えているのは沿岸部だ。漁業と観光産業が中心で、漁業は気仙沼と並ぶカツオ漁の拠点で、また観光としては旧海老江《えびえ》町に古くから知られる景勝地があるが、いずれも通年にぎわっている。

一方、山間部に位置する旧三村は、いずれも限界集落ギリギリの地区を何カ所も抱え、高齢化率も軒並み四〇パーセントを超えている。

大合併の推進役でもある現三陸市長は旧海老江町出身で、沿岸部一帯の一大リゾート化構想を掲げて当選している。

市長についてのまとめもあったが、それよりもまず被害状況を知りたかった。

〈三月一一日夕：上空から被害状況を調査した自衛隊ヘリが、三陸市も甚大な被害と報告。

同日夜：沿岸部と内陸部を結ぶ主要道路が震災と津波によって通行止め。桃花《ももはな》街道も一部崖崩れで通行止め。

三月一二日一一時四八分：仙台中央放送ラジオで、「三陸市の人口の半分が亡くなった可能性」と伝える。

三月一二日夜：通行止めだった桃花街道が復旧。

同夜：自衛隊が三陸市での救助活動を始める。〉

「三陸市の被災情報は、これだけか」

「ええ。気仙沼の火事の情報は膨大にあるんですけどね。あるいは、壊滅しているらしい女川町や南三陸町の情報も。あっちはマスコミが大挙して押し寄せてるみたいですね」

三陸市は道路が遮断されて、行くに行けないというわけか。いずれにしても、これだけ情報が少ないというのは、心してかかる必要がある。

第四章　瓦礫の街

情報が入らない

震災から一夜明けた一二日になっても、被害状況が分からない情報空白地域がある。宮城県三陸市は仙台市から沿岸部に続く峠道の一部が土砂崩れで崩落し、通行不能になっている。津波で甚大な被害を受けた市役所とも連絡が取れないようで、現状の被害状況は、一一日午後遅くに自衛隊ヘリが沿岸部上空から撮影した数枚の写真で判断するしかない。写真では、沿岸部はじゅうたん爆撃を受けたように破壊され、人の姿が確認できなかった。

一二日午前に一万人以上が死亡という情報が流れたが、午後に宮城県警が「実態のない数字」と打ち消している。

同様に、南三陸町も人口の半分が亡くなった可能性があるという情報が流れたが、その情報も不確定情報と県警は言い訳した。

被災から二日目の夜を迎えても、情報空白地域解消のめどは立っていない。

【三月一三日毎朝新聞朝刊・宮城県仙台市・震災特別取材班・細川俊介】

1

峠の頂上近くの大きなカーブの途中で、堀部が急ブレーキを踏み、パーキングエリアに車を滑り込ませた。ドライバーの休憩場所として利用されており、小さな展望台も設けられている。避難してきたと思われる一団が町の方角を見つめていた。

堀部が真っ先に車から降りて展望台に立った。私はカメラを持って彼に続いた。残雪が多いが、駐車スペースの雪は車の暖気でシャーベット状にゆるんでいる。歩くと峠の冷気が足下から這い上がってきた。

ひどい渋滞でも、交通規制でどれだけ停止を求められても、愚痴ひとつ言わず安全運転に徹していた堀部の目つきが変わっていた。堀部の故郷が、跡形もなくなってしまったのだ。

眼下に湾に面して平野が広がっていた。湾に向かってロブスターが両腕を伸ばしたような二つの半島が向かい合っている。海老江という名は、この地形が由来かもしれない。エビのハサミそっくりの形をした半島の突端だけ緑が残っている。それ以外は、破壊の限りが尽くされていた。

陸上は荒れ果てているのに、空は青く、太平洋は穏やかな早春の日射しを受けて煌《きら》めいていた。あまりにものどかな春の海と街とのコントラストが残酷すぎた。

「なんもかんも呑み込まれてしまったんですねえ」

他人事《ひとごと》のようにも聞こえるが、かすれたような声が堀部の心境を物語っていた。

カメラのレンズをズームして町の様子を見た。港があったとおぼしき場所で建物がいくつも横転している。まるで軽い素材でできた模型のようなあっけなさで転がっている。鉄筋コンクリートのビルをこんな姿に変えてしまうとは……。

四階建ての建物が、瓦礫の真ん中にぽつんと立っていた。

「あれは？」

堀部には聞こえなかったようだが、隣で見ていた誰かが市庁舎だと教えてくれた。町村合併の際に新築されたものだ。一方の壁には吹っ飛ばされたような大きな穴が空いている。こんな傷を負ったビルを何棟も目にした。建物に津波が押し寄せ、浸水の強大な水圧で壁がぶち抜かれてしまったらしい。

「右手の湾の突端にあるのが、花登《はなと》地区です」

細川は説明しながら、双眼鏡を差し出した。

「半島の付け根の海岸沿いに少林寺はあったようです。ちょうどあの水没しているあたりです」

双眼鏡で覗くと、町は跡形もなくなっている。少林寺は養護施設や道場なども有していたはずだが、あの惨状では全滅だろう。

「きっと、ここから撮った写真ですよ」

細川が三月一一日以前の花登地区の写真を見せた。岬の麓に寺や数棟の建物がある。

「この写真で見ると、ここから花登地区に向かってまっすぐ道が延びているはずなんですが、それらしきものがないんですよね」


かつて町があった場所まで来ると、誰もが黙り込んでしまった。感情を一切排した声で安否情報を伝えるカーラジオの声だけが車内に響いている。

「細川、どうだ」

後ろを振り向かずに大きな声で言った。

「えっ、何ですか」

「大丈夫かって訊いてるんだ」

「何とか、踏ん張ってます」

急に車の速度が落ちた。

「どうかしました?」

「道路脇に遺体が」

堀部の視線の先を見た。毛布や布団で巻かれた物体が至るところに置いてある。一〇〇メートルほど離れた瓦礫の山から担架が運び出されていた。やはり布団で巻いてある。

「停めて下さい」

「大嶽さん、取材するんですか?」

細川の声が怯えていた。

2

車を降りたら、荒浜と同じ異臭に襲われた。

「おーい、どなたかいらっしゃいますかあ!」

倒壊家屋の瓦礫に向かって声を張り上げる自衛官がいたので、毎朝新聞の腕章を腕に通して近づいていった。かけ声は何度も繰り返されている。

「よし、次に移動しよう」

上官らしき自衛官が命ずると、脇に立っていた若い隊員が赤い小旗が付いた細い棒を地面に差し込んだ。

「お疲れさまです。毎朝新聞です」

五人の自衛官全員がこちらを向いた。

「この赤い旗は？」

「ご遺体がある可能性が高い場合の目印です」

先ほど命令していた上官が取材に応じてくれた。震災時における生存者の生還率には、時間的ルールがあるといわれている。発災から三日以内であれば生存確率が高いのだが、それを過ぎると命を落とす確率が跳ね上がるのだ。〝七二時間の壁〟と呼ばれるリミットの中で、自衛隊も警察も行政関係者もとにかく生存者捜索に全力を注ぎ、救出活動を最優先する。

この制限時間の意識は、阪神・淡路大震災以降に生まれた。

ただし、限られた時間で生存者の救出を優先するため、声がけしても返事がない場合や、救出作業が困難と判断すると、それ以上の捜索を断念する。非情に思う人もいるだろうが、それは一人でも多くの生存者を救うための〝ルール〟だった。赤い旗にはこれらの背景があり、それだけに旗の示す意味は重い。

「国道沿いには既に多数の遺体が安置されていますね」

「はい。今朝から、高台に避難されていた住民の方が、行方不明の近親者を捜しに来られていますので」

遺体を乗せた担架が横を通り過ぎた。来た方向を見遣《みや》ると、うずたかい瓦礫の山がある。自衛官に礼を言って、そちらに向かった。

「記者さん、危険です」

だが、足を止めなかった。あるものを瓦礫の間に見つけた気がしたからだ。

ブルドーザーやショベルカーが入って、動線の確保が進んでいる。しかし、その作業はすぐに停止し、ショベルがすくい上げた瓦礫を数人の自衛官がチェックしている。やはり、間違いなかった。人体の一部だった。

「二体あります！」と自衛官が声を張り上げると、他の自衛官が集まってきて、瓦礫を丁寧に脇に払う。やがて、人の形をした泥の固まりが現れた。

さすがにカメラを構える時に一瞬躊躇《ちゅうちょ》したが、結局はシャッターを切った。

二体目は子どものようだ。しかも、損傷の程度が尋常ではない。作業する自衛官の動きも止まっている。現場にいる自衛官は皆若い。平常心を保つのが辛い作業だった。

数歩近づこうとすると、体格の良い自衛官が立ちはだかった。

「これ以上は危険です。戻って下さい」

感情を押し殺しすぎているのだろう、声も機械のようだ。

私は素直に引き下がった。

地獄――軽はずみには口にできない言葉が浮かんだ。それは取材する者が使ってはいけない禁句だ。

何も考えず手当たり次第シャッターを切った。我に返ると、足取りが重くなったのを感じた。

タクシーに戻ると、細川が車の横で呆然と立ち尽くしている。

「何をしている」

「すみません、足が動きません」

軽く彼の背中を押した。よろめくように細川が数歩動いた。

「遺体確認をしている住民から話を聞いてこい」

怯えたように細川が激しく首を左右に振った。

「無理です。そんなこと、僕には無理です」

「ここに何しに来ている。おまえがここでやるのは、聞く、撮る、書くことだけだ。それが嫌なら、仙台に戻れ」

細川が泣きそうな顔になった。

「大嶽さん、勘弁して下さい。できません」

「できないという選択肢はない。俺は市庁舎に行ってくるから、その間におまえのやり方で取材しろ」

3

三陸市庁舎の被害は甚大だった。

一階から三階まで全ての窓ガラスが割れ、ブラインドがあり得ない形で外にねじり出ている。一、二階は海に面した側の壁が大きくぶち抜かれ、鉄骨が剝き出しになっていた。その上、四方を瓦礫に囲まれており、二〇メートルほど手前で車を降りざるを得なかった。

歩きながらダメ元で衛星携帯電話を繫いだ。

「東京、震災特別取材班本部です」

女性の声が応じた。

「宮城班の大嶽です。平井さんは？」

「お疲れさまです。丸山です、お久しぶりです！　平井次長は席をはずしています」

丸山は社会部遊軍の後輩記者だった。

「デスクは誰？」

「遠山さんですが、他の電話に出ています。お待ちになりますか」

遠山とは相性が悪い。つまらない嫌みを言われるのは避けたい。

「いや、いい。私と細川は、三陸市の市庁舎前に到着した。ちなみに沿岸部の旧海老江町エリアは、壊滅。相当数の死者が見込まれる」

「あの、壊滅というのは？」

「言葉通りだ。二年前に新築された市庁舎は、かろうじて立っているが、それ以外はぐしゃぐしゃだ」

丸山が黙り込んでしまった。

「それと、七二時間の壁という問題がある。自衛隊や警察も懸命に活動しているが、津波による瓦礫の撤去に手間取り、遅々として進んでいない。その様子は写真と原稿で送るよ」

「了解しました。私も来週から、被災地に行きます」

「そうか。ところで、原発の様子はどうだ？」

「昨日、水素爆発が起きました」

原子炉のある建屋が吹っ飛んだらしい。

「知ってる」

「それからは小康状態って感じですが、抜本的な対策は打てず、原子炉内は空《から》だきみたいになっているようです」

暢気《のんき》な話だな。もうすぐ原発が大爆発して、皆死ぬんじゃないのか。

「平井さんが起きてきたら、俺の衛星携帯電話にかけて欲しいと伝えてくれ」

電話を終えると瓦礫を踏みしめて市庁舎に向かった。

市庁舎の入口付近にテントが三張りあった。屋根に間に合わせのように紙が貼ってあり、〈災害対策本部〉と油性ペンで手書きされていた。自衛隊、警察・消防、そして三陸市が共同で使用しているらしい。

記者と思われる男が三人、〈警察・消防〉と貼り紙されたテントのそばにいた。県紙と地元紙、そして暁光新聞の腕章が見えた。

私は彼らの背後に近づき、その雑談に耳をそばだてた。

暁光新聞の年配記者が、若い二人の記者に向かって「もうちょっと様子を見た方がいいんじゃないの？」と小声で話している。

「そんなこと言って、抜け駆けはなしにして下さいよ、小島さん」

「大丈夫だって。いずれにしても、市長は強運だよ。明日にも引かれるかもって時に、震災だからな」

毎朝の通信局員がいないのが残念だった。だが彼らのやりとりから想像するに、三陸市長が汚職か何かで逮捕寸前で、震災が起きたために執行停止になってしまったという筋らしい。他社の記者同士がこんな話題を平気で交わすのは、特別でも何でもない誰もが知っている情報ということだ。あとで中岡に訊いてみよう。

「おっ、噂の主《ぬし》のお出ましだ」

記者の視線の先に、防災服姿の恰幅《かっぷく》のいい男がいた。数人の男たちを従えている。瓦礫を踏み越えている間は、眉間に皺を寄せていたが、対策本部前で急に笑顔に変わった。

「やあ、皆さん。本当にご苦労さまです」

選挙運動のように、市長は各本部の責任者と両手で握手をしている。

「隊長、生存者の救命は進んでいますか」

市長が自衛隊責任者に訊ねると、記者たちが一斉に彼らを囲んだ。

「現在までに、市民病院の屋上から一一人を救出致しました。さらに、花登、渥田《あつた》両半島の生存者確認のために、各一個小隊ずつを現地に派遣しています」

花登半島の名が出たので、囲み取材の輪の中に割り込んだ。

「毎朝新聞です。今のお話、つまり両半島に生存者がいると確認されたんですか」

いきなりの質問にやや戸惑ったようだが、隊長はこちらの目を見て力強く頷いた。

「昨夕、両半島上空をヘリで旋回した際に、複数名の生存者が確認されたという報告を受けています」

松本が生きている可能性が、わずかばかり高まった。

市長が市庁舎の前に立つと、同行者の一人がハンドマイクを手渡した。

「皆さん、ご苦労さまです。市長の景山登喜雄《かげやまときお》です。今回の震災では、大勢の市の職員やご家族が犠牲になってしまいました。さらに現在、安否が確認できていない市民が一万人以上いらっしゃいます。まずは、生存者の救出と共に安否確認、市街地の幹線道路の瓦礫撤去に全力を挙げたいと思います。そして一刻も早い復旧復興を目指したいと思います」

市長がハンドマイクを下ろすと、三陸日報の腕章をつけた記者が発言した。

「市の災害対策本部が、三陸総合体育館内の生涯学習センターに設けられたと聞きました。では、この市庁舎前の同本部は、どういう役目を果たすんですか」

「津波のために、防潮堤の多くが損壊しました。そのため、余震による津波が発生した場合、二次災害を招く可能性があります。そこで、ここを前線本部にしたいと思っています。本部は花咲《はなさき》山の中腹にある総合体育館内の生涯学習センターにございますが、私自身は状況が許す限りここで陣頭指揮を執ります」

この市長、相当に胡散《うさん》臭い。さっきの三人の記者が汚職疑惑を臭わせていたが、いかにもそういうタイプに見えた。自己顕示欲が強く、がめついという印象だ。山の中腹にあるらしい生涯学習センターの本部ではなく、あえてここで陣頭指揮を執るのもパフォーマンスに過ぎないのかもしれない。

「では、皆さん、任務を続けて下さい」

市長がテントの下に移動したのに合わせて、暁光新聞記者が詰め寄った。

「市長、副市長の行方は？」

暁光新聞の記者の問いに、市長の目つきが一瞬だけ暗くなった。

「鋭意捜索中です。今のところ手がかりがなくてね。でも、彼は殺しても死なないしぶとい男だから、大丈夫だと信じていますよ」

市長に勢いよく背中を叩かれて、暁光新聞の記者は顔を歪めた。

「取材は後にしてくれますか。まずは、人命救助対応を優先したいので」

体よく記者は追いやられた。

私はテントから離れた場所で、タバコをくわえている暁光新聞の記者に近づいた。どうやら彼のライターはガス切れのようだった。私はライターを差し出した。

「お、ありがとう。ところで広瀬君は、どうされました？」

「昨日、遺体で見つかりました」

記者の体が硬直した。私が意外に思って見ると、慌てて顔を伏せた。両肩が震え出した。泣いているのだろうか。声をかけようとしたら、記者が顔を上げた。

「惜しい人を亡くしたな。私たちは年が近かったのもあってウマが合ってね。いい遊び仲間でした。もっとも広瀬君はこのところ市長の疑惑追及に躍起になっていて、隠密行動ばかりしていたけどね。久しぶりに記者の血が騒ぐんだと言って生き生きしてたんだ。じゃあ、例の跳ねっ返りのお嬢ちゃんはどうしてますか」

「行方不明です。松本もご存じでしたか」

「三月九日の夜に飲み屋で一緒でした。なかなか元気なお嬢ちゃんでした」

暁光の記者がそこで名刺をくれた。小島賢蔵という名で、三陸市駐在は四年目になるという。

「広瀬は、市長の不正を暴くために隠密行動をしていたということですか」

煙が目にしみたようなしかめっ面で、小島が頷いた。

「見たろ、市長の野郎のあの態度。市役所の幹部がね、不正を県警に内部告発したんだよ。広瀬君は、その仲介役だという噂だ」

なぜか小島は不満そうだった。遊び仲間が急に記者魂に燃えて抜け駆けしようとしたのが面白くなかったのだろうか。

「三月一一日に広瀬君はその幹部と会っていたはずなんだ。彼が亡くなったなら、その人物もダメだったのかな」

それが副市長ということか。

「市長が張り切っているのは、副市長が死んでるのを知っているからでしょうか」

さりげなくカマをかけてみた。

「もしかして、あんたは広瀬君が死んだから、事件を引き継ぐために来たのか」

予想外の反応が返ってきて、噎《む》せてしまった。

「市長にかけられた嫌疑は、デカいネタですか」

「なあに、ちっぽけな町のつまらん利権食いだよ。だが、広瀬君にとっては違ったんだろうね。これで東京に戻れる。そう言ってたな。しかしまあ、この震災で、地方都市の汚職《サンズイ》なんて吹っ飛ぶさ」

そして広瀬は永遠に東京本社に戻れなくなった。

「松本は少林寺を訪ねていて被災したようなんです。あのあたりは被害が甚大だと聞いたのですが」

「みたいだね。まだ、自衛隊も辿り着けていないらしいよ」

小島は携帯灰皿を取り出して、短くなった吸い殻を放り込んだ。

「広瀬君の遺体は、どこにあるんだろう？」

「すみません、聞いていません。分かったら連絡します。この名刺の住所にいらっしゃいますか」

「いや、我が通信局も津波と共に去ったよ。今は、総合体育館に避難している」

「じゃあ、分かり次第お知らせに参ります」

「無理せんでいいよ。あんたはあんたの仕事をしたらいい。しっかり働くことだ」

ロートル記者は「市長には気をつけるんだよ」と言い残して、市庁舎を離れていった。

花登地区についての情報がもう少し欲しかったので警察・消防のテントに立ち寄った。

「少林寺？　あそこは全滅だって聞いてるぞ」

そう教えてくれたのは地元の消防団の統括団長だった。一緒にいる警官も消防署員も否定しない。

「自衛隊の話では、生存者からのＳＯＳがあったそうじゃないですか」

「それは花登半島の展望台の方でしょ。少林寺は海に近いから。石段をえっちら上って逃げていたら何とかなるだろうが、その石段が崖っぷちにあるからね」

「今から行ってみようと思うんですが」

「やめときなって。半島方面の道が陥没して寸断されている。死傷者や行方不明者の捜索すらできない状況で、あんたも無茶なこと考えるね。どうしてもってなら船を使うしかないだろうけど、余震が続いて津波警報や注意報がしょっちゅう出ている状況だからね。諦めた方がいい」

警官が硬い口調で返した。それでは困る、と言っても彼らは何もしてくれないだろう。

「船って、全部津波で流されたんじゃないんですか」

「だから自衛隊がボートを出してくれるんだよ。それも、津波警報や注意報が解除された後だって言ってたな」

消防団の統括団長は、あと数日、様子を見るべきだと言う。

「花登半島の生存者数は把握されていますか」

「分からんなあ。情報収集はやってっけどさ、連絡手段が限られている上に、とりあえず市内の生存者捜索と救助を優先してっから」

警官の答えは、妥当だった。

こうなれば、ひとまず行けるところまで行くしかないと決めた。

4

ジャンボタクシーに乗り込むと、細川に取材の首尾を訊ねた。

「一組のご遺族から話を聞きました」

「どんな話だ」

米穀店を営む村下弘志さん四四歳は地元の消防団の一員で、水門責任者として沿岸の水門を閉めに行って、帰らぬ人となった。

「奥さんの一江さん四二歳の話では、その前に家族を高台まで車で運んでくれたんだそうです。一旦は安全な場所まで逃げたのに責任があるからと言って、皆が止めるのも聞かずに水門に向かったそうです」

消防団員の責任を果たすために水門を閉めに行って命を落とす――。そういうケースは他にもありそうな気がした。

「僕には今ひとつ理解できないんですけど、消防団ってそこまでやるもんですか」

「そこまでとは？」

「担当の水門を閉める責任って言いますけど、あくまでも地域活動の範囲ですよね。消防署員じゃないんですから」

細川は地域における消防団の存在意義を知らないらしい。消防団とは地域の核だ。それだけに団員の士気は高く、使命感も強い。

「村下さんのように消防団員として水門を閉めに行って命を落とした人が他にいるか調べてみたか」

「いえ。大至急ネットで調べてみます」

ネット？　何を言っているんだ、おまえは。

「市庁舎前に消防団の総括団長がいた。彼に訊けばすぐに分かる」

細川は反論したかったようだが、私に睨まれて素直に従った。

「村下さんが担当した水門は知ってるのか」

「花登第三水門だそうです」

堀部がカーナビで調べてくれたが、該当するものがなかった。

「ついでに場所も確認してこい」

細川がさっそく動こうとした。

「まだ話は終わってないぞ。市内の消防団員の数と、現状で把握している安否も訊け。それと、非常時に水門を閉める際のルールについても確認してこい」

細川は「了解です」となかば自棄《やけ》のように叫んで走っていった。

待っている間に、仙台支局の中岡に報告を入れた。

「大嶽です。一時間ほど前に、三陸市街地に入りました」

「様子はどうだ」

「町は壊滅しています。市民の半数近くが亡くなった可能性があります」

中岡が息を呑んだ。

「それはちょっと言いすぎだろ。人口四万人を超える市なんだぞ」

「市長の話では、一万人以上の安否が不明なんだそうです」

「一万人以上が死んだ可能性があるという南三陸町だって、もう少し死者は少ないそうだ。そっちも同様では?」

市長と聞いて中岡が反応するかと期待したが、無視された。

「だったらこちらに来てご覧になって下さいよ。ところで中岡さん、三陸市に関する重大な情報を、教えてくれませんでしたね」

「何の話だ」

「市長のサンズイです。市長はいつ呼ばれてもおかしくないそうじゃないですか。しかも、広瀬さんて、筋のいいネタ元に会いに行って被災されたんでしょ」

「ＴＰＯを考えろ。今はサンズイどころじゃない」

だから伝えなかったと言いたいわけか。

「広瀬さんが亡くなったのは、副市長の取材の最中だったようですよ。本当は松本記者も、それがらみで三陸市に来ていたんじゃないんですか」

「深読みだ。松本には、そのヤマはタッチさせていない」

人口四万人余りとはいえ市長の汚職は県下の大事件になる。松本が本当に所轄署を担当していたのなら、投入されていたはずだ。

「本当に松本は知らないんですか」

「事情があって、松本はサツ取材から外している。だから市長のサンズイとはまったく無関係だ」

「それで、どんなヤマなんですか」

「よくある話だよ。地元の業者との癒着だな」

「額は？」

「三〇〇〇万円ほどだ」

確かに地味だ。

「どういう業者です？」

「介護関係だよ。老人マンションの新設で、こじれていてね。それで、地元業者が市長に鼻薬を利かせたわけだ」

それくらい聞けば引き時だった。松本の手がかりを追って花登半島の少林寺に行ってみると告げて電話を終えようとしたら、中岡に引き止められた。

「西田未希ちゃんの遺体が見つかったそうだ」

昨夕、未希ちゃんの原稿を中岡に託した時、未希ちゃんを捜すのを手伝うと父親に約束したことも報告した上で、情報があれば伝えてあげて欲しいと頼んでおいた。記事にするために取材したのは事実だが、遺体が見つかるまで未希ちゃんの生存を信じて捜すというのもウソではなかった。

「そうですか……。父親には?」

「ご存じだ。今日も荒浜でお嬢さんを捜していたところ、自衛官が未希ちゃんの遺体を見つけ、ご自身が身元確認をされたそうだ」

たまたまその場に仙台支局員がいて、泥まみれになっている娘を抱きしめて、号泣する西田さんを目撃したという。

「じゃあ、明日の朝刊に西田さんの談話が出るんですね」

「いや」

「どうしてです」

ちゃんと結果まで掲載すべきじゃないか。

「号泣する西田さんが気の毒で、取材ができなかったそうだ」

責められないが、情けないと思った。

「談話がなくても、原稿は書けるのでは?」

「そうなんだが、今日あたりから大量に遺体確認情報が出てきている。おまえは怒るかもしれないが、未希ちゃんの死が特筆すべきものだとは言えないのでね」

特筆すべき死とはなんだ。一縷《いちる》の望みを託して、父親が必死で捜していた娘の死は、特筆すべきではないと誰が言えるんだ。

だが、その批判は呑み込んで電話を切った。

「大嶽さん、花登第三水門の場所が分かりました」

息を切らして細川が戻ってきた。

細川は地図を広げると堀部に伝えた。そしてメモを見ながら取材内容を報告してくれた。

「現段階では、村下さんのような状況で亡くなられた方はいないそうです。ただ、三陸市の消防団員の総数三五一人中、生存が確認されているのは八二人しかいません。亡くなった方は、ほとんど把握できていないそうで、村下さんがお亡くなりになったと伝えたら、総括団長は愕然とされてしまって」

細川が急に元気をなくしたように口ごもった。

「水門を閉めるルールは？」

「えっと、大津波警報が発令された場合、各団の水門責任者が門を閉めるようにとだけ決められていたそうです」

やけにアバウトな取り決めだった。警報の発令時に責任者が付近にいない場合の対応法や、責任者の人命を守るための手立てについては決められていなかったという。

「僕もびっくりして、理由を問い詰めたら、まさかこんな大津波が来るなんて誰も想定していなかったと返されました」

想定外の災害が起きた――。発災からまだ三日目だが、すでに嫌というほどその言葉を耳にしている。だからといって、対応の不備が許されるわけではない。

「よし、それも含めて原稿にしろ」

細川が気合いの入った声で返事した。

花登第三水門があったと思われる地点に向かっていたら警官が立つバリケードに行き当たった。

「ここに行きたいんですが」

運転席を覗き込んだ警官に、細川が後部シートから地図を差し出しながら訴えた。

「防潮堤が破壊されているので、ここから先は進入禁止です」

「花登半島にも行きたいんだが」と強気で言ってみた。

「無理ですよ。見ての通り、陥没してますから」

「何とか方法ないですかね?」

「ありません」

取りつく島もない。

「花登地区に生存者がいるそうですが、救出活動はどうなってますか」

「私たちでは分かりかねます。とにかく引き返して下さい。余震で津波がまた来ると危険ですから」

細川がスライドドアを開けた。

「僕、ちょっと水門見てきます」

制止する前に細川は、車から飛び降りて駆け出していた。警官が「危険ですから、戻って下さい」と叫んだ時、細川が何かにつまずいて前のめりに倒れた。悲鳴を上げて、足を抱えている。警官と共に駆け寄って抱き起こしてやると、細川の靴先に板がくっついていた。

「釘を踏み抜いている」

作業をしていたらしい自衛官が近づいてきて、手際よく板を外してくれた。靴底から板が外されると真っ赤に血で染まった五寸釘が見えた。

「そのまま動かないで。今、応急処置をしますから」

自衛官が無線で救護班を呼んでいる。

「こんなところで走るバカがいるか」

細川の蒼白な顔を見て、思わず怒鳴ってしまった。

「すみません。どうしても水門が見たくて。ちょっとさっきから僕、ハイになっちゃって」

苦痛に顔を歪めながら、細川が詫びた。ひとまず治療は自衛隊員に任せて、私は車に戻った。陸路が全滅なら別のルートで行くしかない。

「堀部さん、漁船は操縦できますか」

車から降りてタバコをくわえている堀部は、私の声が聞こえなかったのか、海岸線を見渡したまま微動だにしない。

「人間の営みなんて、ひと呑みですなあ」

しかめっ面で呟く堀部をカメラに収めた。シャッター音で堀部は我に返った。

「すんません、あんまり酷くって……。えっと、小型船舶免許ならありますよ。何をする気です」

「車で渡れないなら、船で行こうかと」

「あんたは、凄い人だね」

凄いと言いながら、非難されている気がした。

さっそく船を探してみたが、船どころか船着き場や突堤も見当たらない。くの字に曲がった鉄骨が海面に突き刺さっている。あのあたりが埠頭《ふとう》だったらしい。港は破壊され、船は全て陸に打ち上げられてしまったようだ。人間の浅智恵を嘲笑《あざわら》うように、何もかもが消失している。

背後でエンジン音がした。振り向くと、大量の物資を積み込んだ自衛隊のボートが半島に向かっている。同時に上空からローター音が降ってきた。空を見上げると、航空自衛隊のヘリが同じく半島を目指している。

やはり生存者がいるのだ。

河口から、もう一艘のボートが出ようとしていた。

「ちょっと待って下さい！　ストップ！」

ボートのそばにいた自衛官の一人が私に気づいた。

「待ってくれ！」

私は手を振り、精一杯声を張り上げた。

足下をもたつかせながら進む私を待っていた自衛官に、記者証を見せた。

「ボートに乗せてもらえませんか。実は、あの半島に記者が孤立しているという情報があるんです」

「申し訳ないが、一般人はお乗せできない」

「いや、私は一般人じゃない。ジャーナリストだ」

「ジャーナリストも、我々からすれば一般人だ。お断りする」

ボートのエンジンが始動した。思わずボートに飛び乗った。

「おい、君！」

「自己責任で乗ります。私が怪我しても、構わないで下さい」

既にボートは河口を離れていた。

5

波は穏やかだったが、高速で走るボートの乗り心地は最悪だった。

花登半島は断崖絶壁が海面から聳え立っていた。左手にも湾を包むようにせり出している渥田半島があり、そこもほぼ同じ高さの断崖がある。この二つの半島が太平洋から押し寄せる津波を防御したのだが、結果としては両半島の間を抜ける津波の高さを上げた。そして、旧海老江町は壊滅的な被害を受けた。

半島まであと数十メートルという距離になってボートが減速した。

「ここからは、我々の命令に従って下さい。それができない場合は、即刻帰っていただきます」

背後から注意と一緒にライフジャケットが飛んできた。着用しようと腰を上げると、「座ったままでジャケットを着て下さい。私がいいと言うまで絶対に立たないで」と怒鳴られた。素直に指示に従い、私はダウンコートの上にライフジャケットを羽織った。

さらに減速し、ボートは半島に着岸した。数人の自衛官が次々と陸に飛び移った。彼らは剝き出しになった地面に杭《くい》打ちをして、そこに舫《もや》いをくくりつけた。

「記者さん、もう動いてもいいですよ」

振り向くとよく日に焼けた自衛官が立っていた。

「陸上自衛隊秋田駐屯地の青田です」

襟章を見ると、尉官だった。

「毎朝新聞の大嶽です。無茶をして申し訳ありません。でも、何としてでも半島に辿り着く必要がありまして」

「ここからは、私と行動を共にしてもらいます」

青田に続いて岸に上った。全員が大量の物資を背負っているが、私とは比べものにならないほど足取りは確かだった。

「お捜しの記者というのは、発災時はどこにいらっしゃいましたか」

「少林寺で取材していました」

「少林寺の場所はどのあたりですか」

青田が立ち止まって訊ねた。

「半島の南側あたりに本堂があったようです」

花登半島の付け根部分には小さな漁村があったが、津波によって土地が陥没した。それによって町への陸路を失い、半島は孤立してしまった。

自衛官の一人が、タブレット端末を青田に見せている。

「現在位置は、ここです。少林寺は五時の方向に五〇〇メートルほど行ったあたりかと」

随分ハイテク化が進んでいるなと感心しながら、画面をのぞき込んだ。現在地は、青いドットが明滅している。

「目的地は？」

「半島の上方、一時の方向にある花登展望台ロッヂです」

地図で見ると少林寺のほぼ真北の位置の上方にある。

「ここに半島で孤立している方々が集まっているんですよ。なので大嶽さん、まずはそちらに向かいます」

選択の余地はなかった。青田は既に歩き始めている。

「展望台ロッヂに避難している方の人数は、把握しているんですか」

「六十数人だと聞いていますが、実数は不明です」

その六十数人というのは、どういう人たちなのか知りたかったが、青田は無線に応答しており、訊くタイミングを逃した。

「了解。そちらに、少林寺の関係者はいるか、どうぞ」

〝おります〟

「ここからは階段を上ります。一部は崩落していますから、足下に気をつけて」

幅一メートル程度の狭い石段が崖にへばりつくように上方に続いていた。

さすがに彼らのペースは速く、小走りしなければついていけない。私は普段の不摂生が祟《たた》り、五分も歩くと息が切れ始めた。

「大丈夫ですか」

青田が気遣ってくれたが、返事するのも辛いほど息苦しかった。先頭の自衛官が、少し先で立ち止まって待ってくれている。

「申し訳ない。ちょっと休憩させてもらえませんか。何なら先に行ってくれてもいい」

「私がご一緒するから、皆は先に行け」

青田以外の自衛官が前進すると、私は礼を言って座り心地の良さそうな岩の上に腰を下ろした。目の前に、ミネラルウォーターが差し出された。

「飲んで下さい。ただし、差し上げられるのは、この一本だけですが」

自己責任でボートに乗り込んだのだ。水一本でも、本来恵んでもらう資格はなかった。

「恩に着ます」

貪るように飲んで、ようやく生き返った。

立ったまま景色を眺めている青田は、汗ひとつかいていない。

「今回は、自衛隊の到着が早かったですね」

タオルで大量の汗を拭きながら言った。

「何と比べてらっしゃるんですか」

「阪神大震災です。あの時は、自衛隊の到着の遅れが問題になった」

当時は自衛隊法で、都道府県知事等からの要請によってのみ自衛隊の災害派遣は可能とされていた。しかし、阪神・淡路大震災で初動が立ち遅れたことから、震度5以上の震災の場合、自主派遣が認められるようになった。

「我々は、震災当日に発令された〝大規模震災災害派遣命令〟によって出動してきました。いずれにしても、今は一人でも多くの生存者を救出したいですね。だから、あなたのような方は、その妨げになっているという自覚は持って欲しいです」

おっしゃる通りだ。

青田が「行きましょう」と言うので素直に立ち上がった。

それからは歯を食いしばって必死で歩いた。顎が上がり全身から汗が噴き出し、足ががくがくし始めたところで、ようやく展望台ロッヂに辿り着いた。

届けられた物資を囲んで大勢が大騒ぎしている。助かったという安堵感もあるのだろう。

その歓喜の声をかき消すように、上空でヘリコプターがホバリングしていた。どうやら自衛隊員が抱きかかえて負傷者や体調不良者をヘリに移送しているようだ。背中に〈少林寺〉のロゴが入ったダウンコートを着た中年男性を見つけた。

「失礼します、毎朝新聞の大嶽といいます。弊社の松本という記者がお邪魔していたかと思うんですが」

男は挨拶がわりに合掌すると、「松本さんなら、今、ちょうどあそこに引き上げられておられます」と言って太い人差し指を上空に向けた。

若い女性が、自衛官に抱きかかえられてヘリに引き上げられていた。

安全の根拠はなんだ！


福島第一原発の水素爆発直後、福島県大熊町の大熊中学校庭に、大勢の町民が集まった。町から避難指示が出たからだ。

「うちは大丈夫って言われたのに。いきなり早く逃げろって家を追い出された」と主婦大島治枝さん（五七）は、原発の被害状況などの情報の混乱に不安と不満を隠せない。

寒空の下、着の身着のままで町が用意したバスに乗り込む住民の顔は、疲れきっていた。

「政府からの指示もあいまいで、町としても適切な対応ができない」

同町幹部は、矢継ぎ早に町民から状況説明を求められ、対応に追われている。

第一原発の1号機から4号機までを有し、原発とは共存共栄の関係だと理解を示してきた町民は少なくない。だが今回の事故によって露呈した安全神話の偽りと危機管理の欠陥に怒りをあらわにしている。

「もう、この町は切り捨てられてんじゃねえの。俺たちには死ねってことだろ」

町長に詰め寄った男性の言葉が、校庭に集まった住民の魂の叫びに聞こえた。


【三月一三日毎朝新聞夕刊・福島県浪江町・震災特別取材班・高村佐由理】

1

太平洋が一望できる半島の突端から衛星携帯電話で、平井に報告を入れた。

「間違いないんだな」

あまりにあっさりと松本が見つかったのが、平井には気に入らないようだ。

「おそらく、松本に間違いないと思います」

「なんだ、曖昧だな」

「私が発見した時、自衛隊のヘリに引き上げられている最中でしたからね」

花登展望台ロッヂには彼女のパソコンバッグが残され、中には彼女の名刺が束で入っていた。そのまま報告すると、平井は唸《うな》り声を上げた。

「つまり状況証拠か。生きていたのは、確かなんだな」

「松本は過労で倒れただけで、命に別状はないそうです。避難後、不眠不休で避難所の手伝いをしたそうです。さすが育ちの良い方は違いますよね」

天気が良くて穏やかな海は陽光に煌めいていた。その上空をカモメが滑空している。会社のしがらみに縛られている私を嘲笑っているかのようだ。

「なんだかもどかしいなあ。すぐに病院に向かって、直接本人から話を聞いてくれんか」

「簡単に言わないで下さいよ。半島に繋がる道路が陥没して、すぐには戻れないんです」

それに、発災時の状況や避難所での生活を避難者から取材したかった。

「半島に渡る時は自衛隊に世話になったんだろ。もう一度頼めば済むだろう」

勝手に乗り込んだのだから、そんな許可が簡単に下りるとは思えない。その上、彼らは展望台とボートを何往復もして物資を運んでいるのだ。

「市街地の方には細川がいます。ジャンボタクシーもある。奴に行かせて下さい」

「細川の携帯は繋がるのか」

「それは知りません。こっちは花登半島の住民を取材しますので」

平井の返事を聞く前に電話を切った。またカモメが間近を滑空していった。

やることはやった。探偵ごっこは終わりだ。

目の前には転落防止の柵の脇に立て看板がある。結構な高さの崖だ。地元出身の運転手の堀部が、この岬は自殺の名所だと言っていた。

柵を乗り越えて崖下を見下ろすと足がすくんだ。大小の岩群が天に向かって突き出ている。確かにここから飛び降りたら即死だろう。

〈はやまるな、あなたの命　これで終わり？〉

末尾にNPO法人と連絡先が記されている。心赦《しんしゃ》和尚が理事長を務めている団体だ。

それにしても、死にたいと思い詰めている者に、この言葉がいかほどの効果があるのだろうか。


避難所になっている花登ロッヂは一〇〇平方メートルほどの広さで、六〇人余りの住民が避難している。主に、その日の漁を終えて自宅にいた漁師やその家族、そして少林寺関係者だった。既に発災後三日目になり、避難者も落ち着きを取り戻しつつある。その一方で、市街地側から遮断されている苛立ちが蔓延していた。

ロッヂ前で、自衛隊による炊き出しが始まっていた。困ったことに、豚汁のうまそうな匂いが空腹に応える。その時、ニット帽を被り黒のダウンコートを着込んだ人物と目が合った。ヘリに引き上げられている女性が松本だと教えてくれた少林寺の関係者だ。永井という名で養護施設の事務局長らしい。発災時の状況や松本の様子も詳しく訊いておきたくて声をかけた。

「永井さん、手がすいたら少しだけお話を伺えませんか」

「中に入りましょうか」と言って案内する永井の後に続き、普段は無料休憩所として使われているらしい花登ロッヂ一階ロビーのベンチに座った。菓子パンを勧められたが、被災者のために用意された食糧を食べるわけにはいかず、首を横に振った。

「先ほどお話を伺った時には、松本は逃げ遅れたとおっしゃっていましたよね」

帽子を脱いだ永井の額に、うっすら汗が滲んでいる。

「そうね、危なかった」

「その時の様子を教えて下さい」

「心赦さんの取材が始まった途端、強い揺れが来たんだ。でも、収まると和尚と一緒に境内を見回っとったようです。その後も余震は続いたし、津波が来るといけないからと、松本さんに先に展望台に上るように指示をされて、和尚は自宅に戻られたそうです」

「自宅にはご家族がいらしたんですか」

「いや、和尚は独身です。あの時、なぜ戻ったのか、そのあたりの理由は分からないんです。一方、松本さんは、迷子になったみたいだね。右往左往しているところを和尚に見つけられて、必死で階段を上ったんだそうだ」

既に津波が間近に迫っていたという。それでも助かったのだとしたら、本当に幸運だったのだ。

「で、和尚さんは？」

「今のところ行方が分からない。でも私は諦めてないけどね。あの人は不死身だから」

大げさなことを言うタイプに見えない永井が「不死身」というのに引っかかった。

「そんなに強靭《きょうじん》な方なんですか」

出目気味の大きな目で見つめられた。

「元々少林寺拳法をされていましたしね。体は鍛えてらっしゃるので体格もいい。二年ほど前でしたかな、夏に大雨があって養護施設の作業場の背後の崖が土砂崩れになったんですよ。その時、和尚がもの凄い勢いでショベルで土砂を払った上に、倒れた重い柱を肩で担ぎ上げ、子ども二人と養護スタッフ一人を助けました。その直後、また土砂が崩れ和尚は土砂に呑まれたんです。あわてて助けようとしたら、自力で這い出てこられた」

永井はそこで菓子パンをかじった。

「それにね、あの人は木登りもサルみたいに上手だから。とにかく高いところに登れば、津波からは逃げられる」

そんなエピソードがあるなら、希望は棄《す》てられないだろう。

だが、既に発災から三日目を迎えている。今なお姿を見せないことに不安はないのかと思ったが、永井の様子を見たら訊ねるまでもないと思った。

「松本が取り乱したのは、自分のせいで心赦和尚が津波に呑まれたと思っているからですか」

「そんなことを口走っていましたなあ。でも、和尚は子どもじゃない。あのお嬢さんが原因で、津波に呑まれたというのはどうかなあ。たとえ呑まれたとしても、和尚なら上手に泳いで助かってますよ」

2

松本の所持品を受け取って、私はロッヂ内を見て回った。皆、温かい食事に顔をほころばせていた。両手で豚汁のお椀《わん》を抱えている小学生の二人組や、嬉しそうにおにぎりをほおばる子どもたちをカメラに収め、話を聞いた。

小学四年生だという男児が「おっかねがったぁ」と言うと、二歳上の兄が「波に追っかけられて、死ぬかと思ったよな」と続ける。地元の少年野球クラブに所属している二人は、練習が休みの日でもトレーニングを欠かすなというコーチの言葉を守ったおかげで、階段を一気に駆け上がれたと誇らしげだった。二人にもう一度カメラを向け、最後に名前と生年月日を訊ねた。

広いゴザの上に毛布を敷いて老婆と一緒に座っている少女は、明日が小学校の卒業式の予定だったそうで、イオンモールで買ってもらった卒業式用の洋服を持って逃げられなかったのが悔しいとしょげている。隣にいるのは祖母で、一緒に逃げたはずの少女の弟の手を離してしまい、弟は津波に流されたのだという。

それを淡々と語る少女が痛々しかった。洋服より、弟を失った悲しみの方が大きいはずだ。なのに、彼女は母親が買ってくれた服のことばかり話す。

無理せず悲しめばいいんだと言うのは、たやすい。だが、孫を救えず憔悴《しょうすい》しきった祖母と、本人も無自覚に明るく振る舞う少女を見ると、薬にもならない励ましは言えなかった。

「何か食べるもの取ってこようか」

「じゃあ、豚汁とおにぎりをお願いします。私が取りに行こうとしても、お祖母ちゃんが手を握ったまんま離そうとしないので動けなくて」

少女が左手を挙げると、皺だらけの手も一緒についてきた。

段ボールで仮ごしらえしたお盆を借りて、おにぎり三つと豚汁二つ、そしてチョコレート一枚を調達してきた。

「あの、父と母を捜してもらえませんか」

豚汁を啜《すす》って一息ついたらしい少女が言った。両親は共働きで、発災時には職場にいたそうだ。両親の名前と携帯電話の番号を聞いた。

外の空気が吸いたくなった。タバコを一本、ゆっくり吸ってから再びロッヂに戻ると、やけに元気な集団に声をかけられた。発災日に花登半島に写生に来て被災した老人会のグループだった。

「町の様子はどうですか。ここにいても様子がさっぱり分からなくて」

本町老人会の代表という七九歳の男性に訊ねられて、私はどう答えるべきか悩んだ。老人会のメンバーは皆、市の中心部に住まいがあるという。

「遠慮なく言って下さい。仲間の一人がポータブルラジオを持ってましてね。大変な被害が出ているのは知っています」

「そうですか。残念ながら市街地は、ほぼ壊滅しています。建物として残っているのは市庁舎ぐらいで、それも何とか立っている程度です」

「あの、私、本町三丁目に住んでいるんですが、そのあたりはどうでした?」

女性が心配そうに訊ねた。

「沿岸から広がる平野部は全て、津波にやられたと思います」

「住んどったもんは、皆、無事に避難したんでしょうな」

落胆した女性の肩を抱いて慰めている老人が言った。

「分かりません。しかしご無事な方はたくさんいらっしゃいます。その方たちは、総合体育館に避難されたと聞きました」

「あそこは高いところにあるから、大丈夫だな。問題は、そこまで逃げられたかだ」

口々に意見を言うのを、私は黙々とメモした。最後に集合写真を撮り取材ノートを回して各人の氏名を記入してもらった。

多くは、自宅の住所や家族の名前も併記してあった。そして、もし身内に会ったら、こちらの無事を伝えて欲しいと何度も念を押された。

彼らに礼を言いロッヂを出て、炊き出しの鍋に近づいた。そこに集まっている人々の表情が心なしか明るい。自衛隊の到着によって温かい食事と救助の希望がもたらされたからだろう。その笑顔をカメラに収めた。

バッグの中の衛星携帯電話が鳴った。

「ああ、大嶽さんですか、細川です！」

衛星携帯電話も持っていないのに、なんで電話が繋がるんだ。

「これは、誰の電話だ」

「市の前線本部で衛星携帯電話を借りたんです。でも三分だけです」

普通は無理なところを借りられるというのは細川の才能だろう。

「さすがですね、大嶽さん。ちゃっかり自衛隊のボートに乗り込むなんて」

「松本を見つけた。市内に搬送されているはずだ」

「マジですか」

「できるだけ早く、そちらに戻るようにする。それと、自衛隊の前線本部に行って松本の搬送先を訊ねてくれ。分かったらそこに私宛のメモを残しておいてくれ」

「了解です！　じゃあ大嶽さん、くれぐれも気をつけて」

細川の電話に刺激されたわけではないが、気の重い交渉をしなければならないのを思い出した。

3

ロッヂに戻って青田を捜した。

「青田さんは、どちらに？」

「ボートを舫ったところにおります」

「荷物の運び込みをやっているの？」

「いえ、ひとまず運び込みは終わったので、1尉は市街地側に戻られます」

無理を頼むチャンスだった。礼もそこそこに私は石段を駆け下りた。足場が相当に悪い石段だった。そのうえ海にせり出している場所にも無理やり段をつけているところがあり、気を抜くと崖下に転落しそうになった。

最後は手すりにしがみつくようにして下りきったら、エンジン音が聞こえてきた。ボートに乗る青田1尉の姿が見えた。

「待って！」

慌てて呼び止めて駆け寄りながら、「青田さん、もう一度、便乗させて下さい」と声を張り上げた。

青田は呆れ顔だったが、「どうぞ」と手を差しのべてくれた。

「捜していた後輩記者を見つけました」

「そのようですね。何よりです」

無線機で松本の搬送先を訊ねてくれないかと青田に頼もうとしてやめた。彼は私の無茶を充分聞き入れてくれたし、飲み水まで分けてくれたのだ。それより、彼自身に興味が湧いた。

「青田さんは、災害派遣は何度目ですか」

「日本では初めてですが、昨年八月までハイチに行っておりました」

三〇万人以上もの死者を出したハイチの大地震は、首都が壊滅し統治機能が麻痺に陥った。そのため、国連安保理が国連ハイチ安定化ミッションを採択し、日本からも陸自によるＰＫＯ部隊が派遣された。現地ではコレラなどの伝染病と闘いながら、首都機能の再建活動を支援した。

「ハイチは大変だったでしょう」

「この世の地獄でした」

「比較は難しいでしょうけれど、今回の地震と比べてどうですか」

前方を見つめていた青田がこちらを見た。

「比べられません。まったく種類が違います。それにここの災害救援は始まったばかりですから」

「確かに。ただ、今回の活動に生かされるような経験もお持ちでは？」

「何事にも動じなくなりました」

重い一言だった。

「ハイチでは、その惨状に圧倒されました。打ちのめされたと言ってもいいです。これほど容赦なく自然は都市を破壊できるのか、と恐怖を覚えました。同時に、人が生きるためには、モチベーションがいかに大切であるかも知りました。絶望に負けたら死ぬしかない。そんな異常な場所でした」

前方の海を見ている青田の脳裏には、ハイチの残像が蘇っているのだろうか。

「どうやって正気を保ったんです」

「何も考えず、ただ与えられたミッションを遂行するしかありませんでした。だから、夜が怖かった」

波は比較的穏やかだったが、積み荷を降ろした空のボートは往路よりも大きく揺れた。気分が悪くなりそうだったが、夢中で話を聞いているうちに不快感を忘れてしまった。

「どうして怖かったんですか」

「暗闇に吸い込まれて二度と出られないんじゃないかっていう恐怖です。皆、似たような感覚を持ったようです。我々は避難所の敷地内に駐屯していました。夜になると闇の中で大勢の呼吸音が聞こえる。でも、そのうちの何人かは翌朝になっても目覚めない。そんな場所にいるのがたまらなく嫌でした」

もしかすると東北の被災者も同じような恐怖を、これから感じるのかもしれない。

「大嶽さん、お願いがあります。ここで起きたことを、感情抜きで伝えて下さい。可哀想とか、頑張れではなく、泥の中から見つかる遺体、暗闇を怖がる子ども、そして大切なものを失って途方に暮れる人々の姿をありのままに伝えて下さい」

「そのために来ているつもりです」

私は衛星携帯電話の番号とメールアドレスを書いた名刺を彼に渡した。青田は、自身の所属とこの先一カ月ほど駐留するであろう彼らの拠点を教えてくれた。

4

青田と別れ、私は徒歩で市庁舎前の前線本部を目指した。何人もの人々が道路脇にたたずんでいる。皆、遺体の身元確認をしているのだ。

自衛隊のテントで記者証を見せて、自分宛に伝言がないかと訊ねると、無愛想な自衛官が封筒を差し出した。表には汚い字で〈大嶽さんへ〉とある。

封筒を開くと、松本の搬送先を記したメモが入っていた。

「三陸総合病院って、どう行けばいいんですか?」

「国道をまっすぐ行って下さい」

「歩ける距離ですか」

「これから行くなら、途中で日が暮れますよ」

「何かいい方法はないでしょうかねえ」

努めて明るく訊ねてみた。

「ないね。今夜はここに泊まって、明日、朝から行ったらどうです？」

周囲を見渡すと、数百メートル先にマイクロバスが駐まっている。

「あのバスって、どこに行くんですか」

「総合体育館の避難所です」

「病院と同じ方向ですか」

「病院は途中にあるけど、あんた、便乗するつもりか」

そのつもりだったが、曖昧に返して伝言メモを預かってくれたお礼を丁重に言った。

それからマイクロバスまで走り、乗降口で運転手に記者証を見せた。

「すみません、途中の総合病院まで乗せてくれませんか」

「マスコミの人はねえ、ちょっと。あんたら、車あんだろ」

胸に〈三陸市〉と刺繡《ししゅう》のある作業服を着た中年の運転手は顔をしかめた。

「同僚が急病になって病院に行っちゃいまして。もう車ないんですよ」

「そりゃあ、お気の毒だね。けど、これは避難者だけを乗せるように言われてるんでねえ」

「そこを何とかお願いしますよ」

「だからさ、市民以外はダメだって」

「そんな杓子《しゃくし》定規なことを言わず、乗せてやんなさいよ。席はあるんだから」

車内から助け船があった。年配の男性で、隣に座る女性の肩をしっかりと抱いている。

「けどなあ先生、俺が怒られっから」

「こちらは、総合病院まででいいとおっしゃっているだろ。途中で降りるんだから誰にも分からないだろ」

「先生に免じて認めっけどさあ、取材とかしないでよ」

「もちろん」

「先生」と呼ばれた男性に深々と頭を下げて、彼の近くの空席に腰を下ろした。

峠の方からもう一台のマイクロバスが現れると、それが合図のようにエンジンがかかった。

荒れた地面の影響か、左右に大きく揺れながらマイクロバスは出発した。

沿道には、遺体をくるんでいるとおぼしき毛布やブルーシートが切れ目なく並び、その周囲には身内かどうか確認している被災者の輪ができている。それが延々と続く中を、バスは徐行運転で進んだ。

「先生」は艶のない白髪が目立ち、顔には深い皺が何本もある。彼の腕にしがみつくようにして同世代の女性が座っていた。二人とも手が泥だらけだった。

「よかったら、使って下さい」

ウエットティシューを差し出した。

「洗えば済むから、遠慮しておこう。あんたもこれからあちこち行って取材するんでしょう。大事に使って下さい」

受け取ろうとしない「先生」を説得して、ようやく受け取ってもらった。彼は自分ではなく女性のか細い手を丁寧に拭いた。

「あんたらも大変だね。この街の有様をしっかり書いて下さいよ」

「沿岸部にお住まいだったんですか」

「油浜《あぶらはま》のそばにね」

土地勘がない私にはピンと来なかったが、おそらくは海沿いに家があったのだろう。

「発災時は、ご自宅に？」

「先生」は頷いて、自宅は海岸から三〇メートルも離れていなかったと言い添えた。

取材をするなと釘を刺した運転手の方を見たが、どうやら運転に専念しているようで気づいていない。

「ご無事で何よりです」

「なあに、我々年寄り夫婦なんて、老醜を晒《さら》すだけなんでね。生き残る方が辛い」

にこやかだった老人の唇が震えた。

「大切な方を亡くされたんですか」

「まだ望みは捨てていないが、娘と孫の行方が分からないんだ」

俯《うつむ》いたまま「先生」の腕にしがみついていた女性の手に力が籠もった。

「そうですか……」

「娘は地震の後すぐに小学二年の息子を学校に迎えに行ったんです。その帰り道に渋滞に捕まったらしく、津波に襲われたようで」

津波が道路を走る車を呑み込む映像が、テレビで繰り返し流されていたのを思い出した。

不意に目の前に写真が差し出された。

「娘一家の写真です」

若い夫妻と男の子が揃ってピースサインをしている。

私も捜しますと言って写真を接写した。「先生」に名刺を差し出し、娘と孫息子の名を訊いた。「先生」も自分の名刺に娘と孫の名を達筆で書いて渡してくれた。

「今のお話、記事にするかもしれません。子どもたちの避難ルールを再考して欲しいので」

叱られるのは覚悟の上だ。

「そうだね、再考すべきだと私も思う」

市街地を抜けた途端、車が速度を上げた。

「長生きなんてしない方がいいのかもしれん」

「先生」はぽつりと呟くと、車窓の外を見つめて黙り込んだ。

5

バスを降りて緩いカーブの坂道を上ると、三陸総合病院があった。

病院の手前にある道路は、多数の自家用車や消防車、公用車などが入り乱れるように駐車している上に人の往来もひっきりなしで大混雑している。

「昼間、自衛隊のヘリでこちらに搬送された患者に会いに来たんですが」

〈受付〉と記された仮設テントで作業をしている女性に松本の名前を告げたが、名簿にはなかった。

「記入漏れもありますから。申し訳ないんですが、ご自分で捜して下さい」

取りつく島もない返事に頷くしかなかった。

正面玄関を入ってすぐの外来ロビーは、椅子という椅子が人で埋まっている。それでもまだ足りずに、避難してきた人々があちこちの床に座り込んでいる。子どもの泣き声が至るところから上がり、痛みを訴える人、誰かを呼ぶ声などが入り乱れ、その間を縫うように看護師や医師らが走っていく。ロビーの床には複数の色のビニールシートが敷かれている。

「ビニールシートの色分けには、何か意味があるんですか」

通りかかった看護師を呼び止めて訊ねた。

「トリアージの色分けです。患者さんの容態で決まる治療の優先順位です。赤が最優先、次に黄色、緑、黒となります」

「自衛隊ヘリで運ばれてきた患者だと何色に区分されますか」

「そういうことは総合受付にいる係員にお訊ね下さい」

看護師は点滴液を抱えて廊下の奥に消えた。

総合受付は見つけたが、大勢の人でごった返していた。自力で捜す方が早いと思って、シートが敷かれた場所に向かった。大抵の人がぐったりと横たわっている。一人ひとりチェックしたが、松本も細川も見つけられなかった。

階段にも、まるでひな段のように段ごとに人が座り込んでいた。この病院は市民の避難所にもなっているようだ。

「あっ、大嶽さん！」

二階では見つけられず、三階に上がった時に名を呼ばれた。細川だった。足を引きずっている。

「おう、お疲れ。松本は？」

「三一二号室前の廊下で眠っています」

「おまえ、足は大丈夫か」

心なしか顔色も悪い。

「かなり痛いっすけど、何とか」

壁際に並ぶストレッチャーやベッドには傷病者が横たわっている。細川はその間を抜けて点滴を受けている若い女性の前で止まった。

「松本さんです」

頬がこけてはいるが、顔色は細川よりはるかに健康そうだった。

「僕らが到着した時は起きてましたけど、点滴が始まったら落ちるように寝ちゃいました」

「意識はしっかりしてたんだな」

「ええ。名前を訊ねたら松本真希子ですと、自分で答えましたから」

私はスマートフォンで寝顔の写真を撮った。平井に見せてやれば信用するだろう。

瞼が震えたかと思うと、松本が目を開いた。

「あっ、松本さん、社会部の大嶽さんです」

細川の声が聞き取れなかったのか、暫く松本は私を見つめたままだ。

「ここは？」

かすれた声が唇から漏れた。

「三陸総合病院だ。君は、花登半島からここまで自衛隊のヘリで搬送されたんだ」

「失礼ですが」

「東京社会部の大嶽だ」

それを聞いて、ようやく目に力が戻った。

「あっ、お疲れさまです。仙台支局の松本です」

彼女はそこで体を起こしかけたが、点滴の針の痛みか顔をしかめた。

「心赦和尚は？　私を助けようとして、津波に呑まれたんです」

「今のところ行方不明だ。少林寺の人たちも捜しているから、いずれ見つかるさ。君はとにかく養生しろ」

「広瀬さんは？」

「遺体が見つかったという連絡が奥様から支局にあったそうだ」

松本が泣き出したが、何もしてやれない。それより、ベッドの端を手が白くなるほど握りしめている細川の体調が気になった。

「おまえ、足の傷、ここで診てもらったか」

「そんな暇ありませんし、大丈夫ですよ。ちょっと疼《うず》いてますけど、我慢できる範囲です。でも、おなかすきましたよね」

「一度車に戻ろうか。食糧はある」

松本はまだ泣いている。

「松本さん、水とか食糧とか何か欲しいものはあるかい」

いらないと返されたので、私たちは車に戻った。

松本本人に会って肩の荷が下りたのか、大きく腹が鳴った。

6

ジャンボタクシーは病院前の坂を下りて、国道に近い場所で待機していた。

「奥まで入っちゃうと、いざって時に外に出にくいですから」

運転手の堀部には自分が指示したのだと細川は誇らしげだった。私は肩を叩いて褒め、車に乗り込んだ。

「あっ、大嶽さん。お疲れさんです」

堀部は仮眠していたようで、慌ててシートを起こした。

「寝ててくれていいですよ。飯にしようと思っていますけど」

「それはありがたい」

自分が準備すると言う細川を止めて、食糧の入った段ボール箱を開け、幕の内弁当を取り出した。それに、みかん一個とウーロン茶のペットボトルを選んだ。皆、貪るように食べた。ご飯もおかずもすっかり冷えて硬くなっていたが、それでも今まで食べた弁当の中では指折りのおいしさだと思った。

「堀部さん、こんな時刻になってしまったので、車中で寝ようと思います。すみませんが、今夜はつきあって下さい。明日には、我々は泊まる場所を見つけて、堀部さんは仙台に戻れるようにしますので」

三陸市に泊まるのは私と細川だけで、運転手とタクシーは仙台からの通いにしろと中岡に言われていた。だが、今日だけは無理を聞いてもらうしかなかった。

「そのつもりでした。お捜しの記者さんが発見されたら、仙台までお連れするよう言われているので、あの記者さんが退院するまではご一緒できます」

とっぷりと日が暮れたせいだろう、寒さが厳しくなった。私は車外に出ると背中を丸めてタバコに火をつけた。肺一杯に溜め込んだ煙を空に吹き上げると、驚くほどの数の星の瞬きが見えた。冷気のせいもあるのだろうが、やけに星が近い。その輝きで気持ちが安らぐ気もするが、何かが引っかかって据《すわ》りが悪い。

きっと行き当たりばったりの行動ばかりで余裕がないからだ。松本は見つけられたが、記者としての義務は果たせていない。

それに腹を立てているのだろうか。自分の胸に問うてみたが、どうも違う気がした。なぜ、こんなに苛立っているのか。

光を遮るように煙を吹き上げてタバコを消すと、衛星携帯電話で本社を呼び出した。

「おお、待ちかねたぞ。で、松本は？」

平井は挨拶もねぎらいもすっ飛ばして訊ねた。

「本人の口から仙台支局の松本真希子だと確かに。データの送信が可能になったら写真も送ります」

「よし、頼む。それで体調は？」

「医者の話では、あと一日ほど安静が必要だそうですが、怪我もありませんから、まもなく東京にお戻しできます」

「そう上に伝えるよ。そっちは、どうだ」

「酷いもんです。目の前にある現実を見て思考停止しないようにするだけでも至難の業です」

「どうした、らしくないな。おまえの本領が発揮できる場じゃないか」

おだてられて余計に腹が立った。

「それは買いかぶりです。はっきり言って、打ちのめされてますから」

「じゃあ、それを書け」

声の調子が変わった。

「思考停止してしまいそうな被災地の現実というおまえのルポを俺は読みたい。いいな、明日の夜までに俺に直接送ってこい」

電話は切れていた。

やれやれ……、藪蛇《やぶへび》か。

もう一本タバコを吸いたいのを我慢して、私はジャンボタクシーに戻った。

第六章　鉛色の街

卒業式に着る服も

半島に続く国道が陥没したため、周辺住民ら約六〇人が宮城県三陸市花登半島の展望台に孤立していた。

三陸南小学校六年生の菊原ちずさん（一二）は、津波が起きた時、祖母（六七）と弟（八つ）の三人で自宅にいた。大津波警報を聞いて、花登半島の展望台に避難。途中、祖母が転倒した拍子に弟の手を離し、弟は津波に呑まれてしまった。泣きわめく祖母の手を握りしめ、ちずさんは展望台に辿り着く。

「卒業式のためにと買ってもらった服を失ってしまった。式の日に着るのを楽しみにしていたのに、とても残念」と言うちずさんの手を、祖母は片時も離さずに握りしめている。

震災がなければ、一四日にはお気に入りの真新しい服で卒業式を迎えるはずだった。それでも、ちずさんは気丈に祖母をいたわり、連絡が取れない両親の安否を心配していた。

【三月一四日毎朝新聞朝刊・宮城県三陸市・震災特別取材班・大嶽圭介】

〈写真は、久しぶりに温かいおにぎりをほおばるちずさん＝撮影・大嶽圭介〉

1

倒壊家屋の屋根の上に立ち、折り重なった瓦礫を必死で取り除いていた。周囲にいる人々が「頑張れ」と掛け声をかけるが、汗を流しているのは私一人だ。

少しずつ広がっていく穴の底から、私を見上げる少女の瞳が見えた。

「もうちょっとだからね。もうすぐ助けるから」と叫ぶ一方で、生年月日と名前を訊ねていた。子供一人を助け出せるだけの空間を確保すると、私は腹ばいになって手を伸ばした。小さく白い手が暗がりから伸びてくる。あと数センチ、もう少しだ。さらに手を伸ばすと少女の指に触れた。よしと思った瞬間、凄まじい力で穴の中に引っ張り込まれた。

肩から落ちたが、少女の無事が確認できて舞い上がった。

「よかった、本当によかった」

そう言って彼女を強く抱きしめた。次の瞬間、少女の顔が歪み、彼女の体は砂糖菓子のように崩壊してしまった。呆然と立ち尽くす私の足下で、生気を失った少女の瞳が私を見上げていた。

声を張り上げたのと、大きな地鳴りが響いたのがほぼ同時だった。

目を開けると車が前後左右に揺れている。

大きな余震だった。

「うわぁ！　助けて！」

細川が半泣きになって叫びながらシートの下に逃げ込んだ。私も驚いた拍子にシートから転げ落ちた。一分近く大きな揺れが続いた。デジタル時計は午前五時四六分を示している。

「みんな、大丈夫か」

細川は悲鳴のような声しか出ないようだが、堀部は「大丈夫です」と冷静な声で返してきた。

「堀部さん、ラジオつけて下さい」

堀部がイグニッションキーをひねって電源を入れると、ＮＨＫラジオから地震速報のアナウンスが聞こえてきた。

『繰り返します。先ほど、午前五時四四分頃、宮城県三陸市小郷《おごう》で、地震がありました。主な震度は以下の通りです。三陸市小郷震度5強、海老江境町《えびえさかいまち》震度5……』

「海老江境町というのは、このあたりです」

堀部の冷静な言葉で私はスライドドアを開いた。

一気に目が覚めるほどの冷気が襲ってきた。

「ちょっと病院まで行ってくる」と告げて歩き出した。路肩に駐めた車で寝《やす》んでいたらしい人々も路上に出てきて騒いでいる。星明かりの中、白い吐息があちこちで立ち昇っている。

その白い息を見つめながら、夢のことを考えていた。

若干のためらいや恐怖もあったが、被災地での取材をスムーズに始められた気がしていた。なのに、〝悪夢〟を見てしまった。それも、普段以上に鮮明だった。細川という今時の若者とチームを組んだことで、怯えや気負いはなくなっていたし、普段の事件取材のように自然体で取材対象者に接することもできている。

なのに、まだ抜け切れていないのだろうか。

夢に出てくる少女は、必ずしも阪神・淡路大震災で私が記事を書いた塚田咲希ではない。今回は、西田未希ちゃんに似ている気もした。

ただ、少女の体が崩壊し、足下から悲しげに見上げられるというのは、絶対に変わらない。

それにしても――。自分はいつまでこの夢に苛まれるのだろうか。

実は、初日の夜に夢を見なかったことで、克服できたと安堵していたのだ。それが、今日になって見てしまうとは……。

とにかく淡々と目の前の出来事を取材し、原稿を書くことに徹しよう。そうすれば、こんな夢ごときで動揺もしなくなる。

そう割り切った時、病院の正面玄関に着いた。

昨夕訪れた時には気づかなかったが、病院の一画に陸上自衛隊が駐屯していた。防寒具を身につけた自衛官が整列していた。大きな揺れで非常呼集がかかったようだ。

「引き続き警戒を徹底せよ」と尉官の襟章をつけた男が無線機に向かって叫んでいる。

「お疲れさまです」

尉官の隣で腕組みをしている上官に挨拶した。

「ご苦労さまです。お早いですね」

「いや、さっきの揺れで起こされただけです」

「我々もそうですよ」

今のところ被害は特に報告されていないという。

「2佐、桃花峠からの連絡で、峠が崩落し通行不能となったようです」

無線機を手にした尉官が報告した。

仙台へのルートがだめになってしまった。堀部と松本には、暫くここに留まってもらうしかなさそうだ。

2佐が本部を離れたのを潮に、病棟に向かった。

余震の衝撃で院内がざわついている。不安そうに抱き合う人、泣きわめく子どもを宥《なだ》める母親など、またいつ来るか分からない揺れに怯えていた。

2

松本がいるはずのストレッチャーに別の女性が横たわっていた。あたりを捜したが松本を見つけられず、諦めて他の階を捜そうと階段を下りたら、踊り場で話し込んでいる当人を見つけた。

相手の中年女性は顔見知りなのか、互いに熱心にしゃべっている。会話が途絶えたタイミングで松本の肩に手をかけた。

「医者の許可はもらったのか」

「あっ、大嶽さん。はい、もう大丈夫だと」

顔色も良く見るからに元気そうだ。医者でなくても太鼓判を押すだろう。相手の女性に簡単な挨拶をしてから、松本をジャンボタクシーに連れて行った。細川の姿がない。

「病院のインターネットを使えないか交渉してくると言って、出かけられました」

そう言う堀部に松本を紹介した。そこで松本が何か言おうとしたのを遮って、食べたいものを彼女に訊ねた。

「温かいものが嬉しいです」

「牛丼ならあるぞ」

「朝からヘビーですけど、贅沢は言いません」

堀部にも勧めたが、彼は首を振った。それならとおにぎり二つと漬け物を堀部に渡した。松本に渡した牛丼はプラスチック製容器の側面にある糸を引くと、加熱機能が作動するようにできている。

　私もおにぎりを口に運びながら、記憶が薄れないうちに病院内の状況をメモした。松本が牛丼の蓋を開けると、甘からい香りが車内に広がった。

「こりゃあいいね。すき焼きつつきながら、メシ食っているようだ」

　おにぎりを食べている堀部が嬉しそうに言った。

「なんだか、私だけごちそうを戴いているみたいで申し訳ありません」

　殊勝に頭を下げた松本は両手を合わせて「いただきます」と言ってから箸を取った。

「堀部さん、このあと沿岸部を走って欲しいんですが。泊まり場所を確保したいんです」

「私も連れて行ってもらえませんか」

　堀部が返事する前に松本が割り込んできた。

「君は、細川と一緒にここに残ってくれ」

「もう大丈夫です。心赦さんを捜したいんです」

「俺たちは拠点になりそうな場所を捜しに行くんだ。毎日、車で寝るわけにはいかないからな。そもそも心赦和尚を捜すのは君の仕事ではないだろ。それに、いくら医者の許可があったからって、いきなり動き回るのは無理だ」

「私に命令する権限が、大嶽さんにはおありなんですか」

「ある。私は、震災特別取材班のキャップだ」

「それは職権乱用です」

「違う。君が取材の邪魔をするから言ってるまでだ」

「邪魔なんてしていません！」

「もしかして自覚ないのか。これだけ悲惨な状況にある三陸市の取材より、君の安否確認を優先したんだ。充分、もう取材の足を引っ張っているだろう」

恩を着せるつもりはないが、お嬢様のわがままを許すわけにはいかなかった。

「なら、取材もします」

「ダメだ。君は取材班のメンバーじゃない」

「私は毎朝新聞の記者です。取材班の一員に加えて下さい」

押し問答を繰り返していたら、細川が足を引きずりながら戻ってきた。

「仕方ないな。君も取材班の一員と認める」

「ありがとうございます」

彼女は牛丼の容器に額がつきそうなほど頭を下げた。

「松本君はこの病院で被災者取材をしてくれ。それと、細川が取材中に足を負傷した。本人にいくら言っても医者に診せないんで、君が首に縄を付けて連れて行ってくれ」

言い終わらぬうちに、松本が食ってかかろうとした。

「これは、命令だ」

絶妙のタイミングで、細川がスライドドアを開けた。

思ったよりもあっさり松本は引き下がった。細川も抗議したが、それもキャップ命令で黙らせて、堀部と沿岸部に向かった。

出がけに松本が、三陸通信局が利用できるかもしれないと教えてくれた。沿岸部にあるが、高台なので津波被害を受けていないだろうとのことだ。堀部がカーナビに住所を登録し、ひとまずそこを目指した。

「勝ち気なお嬢さんですな」

二人になると、堀部が呆れて首を振っている。

「今時の若者の典型ですね」

やたら自己主張し権利ばかり訴える。よほど自信があるのだろう。積極的なのはいいことだが、自身の価値観をあまりにも絶対視しすぎているのだ。

毎朝新聞三陸通信局は、市街地へ続く国道を沿岸の一キロ手前で左折した高台にあった。自衛隊の瓦礫撤去作業は着々と進んでいたが、枝道はほとんど手つかずで、瓦礫が道を塞いでいた。

「通信局まで歩いて行ってきます。暫く、ここで待機してもらえますか」

沿岸部と異なり瓦礫の量は少ない。道路を塞いでいるといっても、路面の一部は見えている。足下を確認しながら慎重に前に進んだ。

今朝は快晴のうえに春の気配を感じる日射しで、気温もずいぶん上昇している。その影響なのか、瓦礫に付着した泥が臭った。

道は緩やかな坂道で、ヘアピンカーブを回ったところに真新しい一戸建てが見えた。風見鶏《かざみどり》が回る屋根の上方にアマチュア無線のアンテナが立っている。やけにお洒落《しやれ》でカネのかかった通信局だ。七〇坪ほどの三階建てで、一階部分が通信局、二階三階が住居のようだ。松本の予想通り、津波の被害はほとんど受けていない。まるで測ったかのように通信局の約三メートルほど手前で瓦礫が消えていた。

〈毎朝新聞三陸通信局〉の看板がはめ込まれた門も無事だ。私は開きっ放しになっている門扉から敷地内に入った。鍵は持っていないが、施錠されていたらガラス窓を割って入るつもりだった。

〈通信局にご用の方は左にお回り下さい〉と書いた札が門に貼られていた。左手には駐車スペースがあり、社用車のジムニーが駐まっていた。私は〈通信局入口〉とあるアルミサッシ製の扉のノブを回した。鈍い音をたててドアが開いた。

オフィスは薄暗かった。私はリュックから懐中電灯を取り出し点灯した。床の上にはスクラップブックや書籍がオブジェのように積み上がり、書棚が折り重なるように倒れている。

ひとまず「ごめん下さい」と声をかけて、床に散乱したものをデスクの上に整えて戻したりしながら、電気や電話が使えないかチェックしたが、だめだった。

二〇畳ほどのオフィスにはデスクが三台あったが、大半の抽斗《ひきだし》が開いていた。デスクトップ・コンピュータの外付けハードディスクが転倒している。

非常用電源はないのだろうか。

通信局の利用許可を得る必要もあって、一旦駐車場に出て衛星携帯電話で平井を呼び出した。

「今、三陸通信局にいます。津波の被害を受けてませんので、取材拠点に使ってもいいでしょうか」

「それは仙台支局長に相談しろ。だが、松本を見つけたんだろ。おまえも仙台から通え」

「仙台方面の峠道が今朝の大きな余震で土砂崩れを起こしちゃいまして、戻れないんです」

自衛隊の発表では復旧の目処《めど》が立っていない。

「適当なことを言うな」

「疑うなら、地元警察に確認して下さい。一時間ほど前に自衛隊員から聞いたんです」

「松本はどうやって仙台まで戻すんだ」

「今、方法を検討中です」

「場合によっては、社のヘリを飛ばしてもいい」

「そんなバカな真似はやめましょうよ」

「何がバカだ」

「社のヘリは取材のためにあるんです。この非常時に、そんな非常識をやったら毎朝新聞の名折れです」

「おまえが気にすることじゃねえだろ」

バカバカしくなった。

「お好きにどうぞ。ちなみに、細川が三陸総合病院のネットワークを借りて、原稿や写真、さらにはお嬢様の元気な様子も送りましたので、ご確認下さい」

頼りなさそうな青年に見えるせいか、ルールにやかましいはずの行政機関相手に、無理なお願いを通すのが細川はうまかった。「三分だけ」という約束で、総合病院の光ケーブルを利用して本社にメールを送信した。

「もう見たよ。孫娘の写真は上にも転送した。社主ご自身から直々のお礼の電話も戴いた」

それは何よりだ。

「原稿の方もしっかり使って下さいよ」

「悪くはないが、今ひとつ個性やインパクトがないな。思考停止してしまいそうな被災地の現実というおまえのルポの方を楽しみにしているよ」

最後は嫌みを言われた。

次は仙台支局に連絡を入れた。デスクの中岡が出たが、すぐに支局長と代わってくれた。

「ご苦労さまです、河出です。まずは、松本記者の件、本当にありがとう。広瀬君を失っただけに、松本君の生存確認は朗報でした」

適当に相槌《あいづち》を打って、三陸通信局の利用許可を求めた。

「ぜひ使って下さい。ただし二階と三階は広瀬君の個人スペースなので、奥様にも断りを入れたいところですが……まあ、非常時なので事後報告でもいいでしょう。くれぐれもプライバシーに配慮して利用して下さい」

重々配慮すると約束した後、社名の入ったジムニーの使用許可を求め、さらに非常用電源の有無を訊ねた。

「広瀬君が赴任した時に通信局を建て替えたので、災害に備えた非常用電源や衛星携帯電話など防災対策は完備しています」

それだけの災害対策をしながら、主は津波で命を落としてしまった。

「オフィスに非常用ロッカーがあると思います。そこに災害時に必要なものと、使用法などのマニュアルが入っています」

支局長は二カ月ほど前に通信局を訪れて広瀬から説明を受けたそうで、局内の備品を詳しく教えてくれた。

「それらをお借りしてもよろしいでしょうか」

「何でも使って下さい」

私が感謝すると、支局長は改めて松本救出の礼を言った。

「社主のお孫さんかどうかは関係なく、責任を持ってお預かりしている記者の生存が確認できたのが嬉しいんです。しかも、あなたのおかげでこんなに早く」

よくできた支局長だと思った。私の知っている支局長は事なかれ主義の人ばかりだった。彼らが気にしていたのは、支局員が問題を起こさないことだけだ。

「そんなに感謝されるようなことはしていません。ただ、ラッキーだっただけです」

電話を切ると、通信局内に戻り、非常用ロッカーの扉を開いた。

非常用の備蓄品がびっしり詰め込まれている。充電済みの衛星携帯電話は最新鋭で、手持ちのそれよりも性能が良さそうだ。さらに、ポータブルラジオ、三日分の食糧、水、カセットコンロと交換用のカセット五本、救急用品などなど至れり尽くせりだった。

非常用ラジオのスイッチを入れてから、表紙に災害マニュアルと書かれたファイルに目を通した。自家発電機の設置場所と、使用方法が丁寧に書かれている。

「やあ、ご無事でしたか」と声をかけられて仰天した。

通信局の入口に男性が立っていた。

「脅かしっこなしですよ、堀部さん」

「あんまり戻りが遅いので、心配になって」

堀部が申し訳なさそうに言った。

腕時計を見ると、堀部と別れてから一時間以上経っていた。

「すみません、ご心配かけちゃって」

「ひどい散らかりようですが、津波の被害はなさそうですね」

「自家発電機やカセットコンロもあるんです」

「ここが使えると便利ですね。じゃあ、細川君たちを迎えに行ってきます」

「助かります。その間に自家発電機の使い方をマスターして、ここも少し片付けます。それと駐車場にジムニーが駐まっています。あれならタクシーには無理な瓦礫の上も走れるのでは」

堀部が窓から首を出してジムニーを確認している。車が二台使えれば取材の効率も上がる。

「どうかなあ。完全に道路を塞いでいる瓦礫もあったからねえ。ただ、道路脇に少し余裕があったから、もしかしたら行けるかもしれません。キーありますかね」

「このマニュアルによると、キーは車に差し込まれたままのようです」

非常時に時間を無駄にしないための備えらしい。広瀬という先輩記者は相当に用意周到な人だったのだろう。

調子よくエンジンのかかる音が聞こえてきたところで、私はマニュアルを再び読み始めた。先ほどは気づかなかったが〈災害マニュアル〉の裏表紙に大きな文字が並んでいた。
〈命あっての物種――。取材の前に、生きることを優先せよ〉

4

堀部が二人を迎えに行っている間に、自家発電で通信局内、さらに二階三階部分に電気を通した。発電用軽油の備蓄はそれなりにあるが補充の目処が立たないため、必要最小限の電気だけ利用するつもりだ。

それらの作業を終えて、海が見渡せるテラスの椅子に腰を下ろして一息ついた頃、細川らが到着した。

「これは、ヤバイっすね」

通信局内の装備をチェックした細川が歓声を上げた。褒めているのだ。この男、両方の意味で「ヤバイ」を連発する。

「それで、どうなんだ。アマチュア無線を経由してメールの送受信はできそうか」

広瀬が残した非常用ファイルに、通信局の屋上にアンテナを立ててあるアマチュア無線設備を利用すればインターネット接続が可能になり、ウエブメール送信が可能と書かれていた。使用方法などの詳細な説明があったが、私にはさっぱり理解できなかった。

「今やってます。ＡＰＲＳの知識が僕も中途半端なんで少し勉強しますが、アマチュア無線の設備が生きていたら繋がるはずです」

ＡＰＲＳというのは、Automatic Packet Reporting System の略で、アマチュア無線上でパケット通信を応用してリアルタイムで生データを配信する通信システムである、とマニュアルにはある。それが利用できれば、仙台に戻る必要がますますなくなる。

「ところで細川、病院で足を診てもらったんだろうな」

「もちろんっすよ。ほら、ちゃんと包帯もきれいになったでしょ。もう大丈夫っす」

昨日、瓦礫の中から拾ってきたというサンダルを履いた足には真新しい包帯が巻かれている。

「三階は来客用の和室と、ベッド二台がある洋室です」

様子を見に上がって行った松本の声が上階から降ってきた。

ロッカーには二人分の寝袋も入っている。持参分を合わせると、少なくとも寒さは凌《しの》げる。

「細川の足について医者は、何か言ってなかったか」

念のために階段を下りてきた松本に確認すると、彼女の視線は私ではなく細川に向けられた。

「無理はしないようにとだけ」

松本が答えると、細川がサムアップしている。

「それと大嶽さん、午後から沿岸部に行かせて下さい」

松本はしぶとい。断固として心教捜索をやるつもりらしい。

「君の体調はどうなんだ」

「すこぶる良好です。でなければ、ここに来られませんでした」

「医者も太鼓判押してましたよ」

今度は細川が補足した。

「君を即刻、東京に戻せと言われている」

「祖父がそう言っているんですよね」

ズバリ切り込まれて、答えに窮した。

「衛星携帯電話をお借りしてもよろしいですか。祖父に直談判《じかだんぱん》します」

正直言って今すぐにでも帰って欲しかったが、そうは言えず、彼女の言うなりになった。

松本は電話を手にすると表に出て行った。

「大嶽さん、ジャンボタクシーの荷物を、ここまで運んでしまいたいんですが」

堀部に言われて外に出ると、大げさな身ぶりと共に喧嘩ごしで電話する松本の声が庭に響いている。

「私は新聞記者なの。ここから逃げ出すなんてできない！」

私と目が合うと松本は背中を向けた。

「これ以上、私の邪魔をしないで！　さもないとお祖父様と絶交します」

絶交か……。私が誰かを脅す時には絶対に用いない言葉だった。そんなことを言えば、相手から「喜んで、バイバイ」と返されるに決まっている。松本のお祖父様は、そうではなかったようだ。

ジムニーに乗り込む直前、松本に呼び止められた。

「お手数をかけて申し訳ありません。電話に出ていただけませんか」

ご免被りたかったが、松本は決然と衛星携帯電話を突き出した。

「お電話代わりました、社会部の大嶽です」

「神宮《じんぐう》です。孫がお世話をかけています」

初めて聞く社主の生の声はおおらかで上品だった。

「ご無事で何よりでした」

「心から安堵しています。あなたのような優秀な記者にお願いしてよかった」

だが、記者の本業は人捜しではない。それは呑み込んで神妙に「恐縮です」とだけ返した。

「ところで大嶽さん。真希子を一刻も早く東京に帰す方法はないもんだろうか」

「絶交されますよ」

言ってすぐに後悔した。

「それは嬉しくない。君が説得してくれませんか。あの子を被災地に残しておくなんて、私だけでなく家内も、そして娘夫婦も、心配で夜も眠れないんです」

「努力はしてみます。ただ、現在は仙台方面への道路が土砂崩れで通行止めになっています。暫くの間、こちらに留まるしか手がないんです」

「ヘリを飛ばすと、森脇君は言ってくれたんですよ」

森脇とは社長の名だった。

「神宮さん、僭越《せんえつ》ながら、それはおやめになった方がよろしいと思います」

「なぜだね」

「社のヘリは、被災地の取材のためにフル回転していると思います。社主がそれを妨げたとなると、毎朝新聞の名折れです」

なんで、私はこんなバカげた説教をしているんだ。黙って聞き流せない我が身を呪った。そこでいきなり、電話を松本に奪われた。

「お祖父様、大嶽さんを困らせないで。とにかく私は納得するまでここを動きませんから」

そして、電話を切ってしまった。

「情けない社主でごめんなさい。足手まといにはなりません。ここに置いて下さい」

祖父に対していた時とは別人のような殊勝な態度で、松本は頭を下げた。

「道路が復旧するまでだな」

こんな言われ方を仙台支局でされたことはないのだろうが、松本はすぐに気を取り直したように頷いた。

「もう午後一時を過ぎている。沿岸部に取材に行くなら、腹ごしらえをしたい。カセットコンロでお湯を沸かして、食事の準備もしてくれ。ロッカーにカップ麺があったはずだ」

「了解です。素直に従いますが、一つだけ伺っていいですか」

「なんだ」

「食事の用意を命じるのは、私が女子だからですか」

「違うよ、君が一番年下だからだ。それから病院取材の原稿をすぐ書け」

5

ネット環境を整えるのは細川に任せて、堀部が運転するジャンボタクシーで、松本と二人で沿岸部を目指した。春先の陽気らしいのどかな気分も、峠を下りきった途端に吹き飛ぶ。

「えっ」

松本がうめき声を上げた。彼女が被災地を目の当たりにするのはこれが初めてらしい。窓ガラスにへばりつくように瓦礫の町を見つめ、運転席のヘッドレストをつかむ手がどんどん白くなっている。

「松本」と軽く肘に触れると、彼女は弾かれたようにこちらを見た。

「すみません、酷いとは聞いていたんですが、これほどだとは」

津波に襲われる前の姿を知っている者の方が、ショックは大きいだろう。

「風光明媚ないい町でした。窓を開けて車を走らせると潮の香りがして嬉しかった気がします」

「一番印象に残っている建物は？」

「沿岸に立つ大きな赤い鳥居。花登神社のものです」

このあたりの沿岸部に鳥居なんかあっただろうか。昨日は気がつかなかったが。

「取り立てて由緒があるとかじゃないんですよ。でも、漁師さんの守り神を祀《まつ》っているので、海の真ん前に鳥居があるんです。その景色が好きでした」

「あそこは、春と秋に祭りがあって、春は船に大漁旗を飾り、秋は屋台のお練りがあるんです」

地元出身の堀部が付け加えた。

松本はカメラを取り出すと、ディスプレイを操作し、私に渡した。

「これが、海岸に立つ鳥居です」

真っ青な空をバックに赤い鳥居が聳えている。ややぼやけて花登半島も写っていた。

「順に送っていくと、お社や屋台も見られます」

神社はさほど大きくはないが、社殿の周辺に立つ杉の巨木を見ると、歴史を感じた。屋台もなかなかのものだった。

「神社にまつわる思い出と変わり果てた現状について地元住民のコメントを取れ」

松本に命じてから市庁舎前を目指した。瓦礫の撤去が進んでおり、市庁舎前に車が横付けできた。

車から降りると、昨日より腐臭が強くなっていた。松本がハンカチで鼻を押さえたのを見て、私は使い捨てのマスクを差し出した。

「臭いが辛いなら、マスクを使え。そんな姿を、ここの人に見せるな」

松本はハッとしてハンカチを鼻から外し、素直にマスクを装着した。

市庁舎前に前線本部のテントがあり、のぞくと暁光新聞の小島がいた。

「おっ、お嬢ちゃん、無事だったんだね」

「小島さんも、よくご無事で」

「憎まれっ子世に憚《はばか》るってことだ。それより広瀬君は残念だったね」

松本は泣きそうになるのを堪えて頷いている。

「花登半島で孤立されていた方々は、救出されたんでしょうか」

ひとまずは押さえておきたいネタだった。

「自衛隊が、こちらと半島の間に渡したワイヤーに船の舫いを通して、急ごしらえの渡船で往来できるようにしたんだ。一時間ほど前から半島に残されていた人が順次、こちらに渡ってきているよ。私はその取材を終えたところだ」

「心赦和尚の安否についてては、何か聞いてらっしゃいますか」

小島は首を振った。

「いや、聞かないなあ。お嬢ちゃんは、発災時に一緒だったんじゃないのかい」

そう振られて、松本は気丈に発災時の様子を説明した。

「だったら、そこの前線本部に訊ねたらどうかな。和尚はこの町では有名人だし、何か分かるかも」

私たちは礼を言って、小島と別れた。

「いや、何も情報はないですねえ」

市役所職員の反応はそっけない。がっかりしている松本の横で、三陸市全体の被害状況を訊ねた。

「ご遺体は百体を超えているようなんですが、遺体安置所が大混乱して身元確認が進んでなくて」

遺体安置所の所在を確認してから、市庁舎の駐車場に悄然《しょうぜん》と立っている松本に声をかけた。

「渡船の様子を見に行くぞ」

車に乗り込む直前に、電話が鳴った。平井だった。

「お転婆が現地に残って取材をしたいと、のたまわっているそうだな」

私を説得できないと分かったので、社主は平井に泣きついたらしい。

「一人で行動させるなよ」

「平井さん、これ以上取材の妨害をしないで下さいよ。私は、ここにお守りに来たんじゃないんです」

「だったら、とっとと車に押し込んで仙台に戻せ。それは松本が社主の孫娘だからではない。新人記者に最前線で取材なんて無理だ」

そうしたくても、道路が復旧しなければ、どうしようもない。

「だったら、ヘリを飛ばしてください。それしか方法がありません」

「そう提案した俺を詰ったのはどちら様だ。とにかく、一人で行動させるな」

抗議する前に、電話は切れていた。

船着き場に向かう途中で、松本の処遇を考えた。答えはすぐに出た。現場の取材方法は、キャップに委《ゆだ》ねると言ったのは平井ではないか。

「私は遺体安置所に行ってくる。渡船の取材は任せていいか」

前のめりになって前方を睨んでいる松本が頷いた。

「任せてください」

「おまえが船着き場に行くのは、命の恩人を捜すためではなく、道路が陥没して孤立していた花登半島と市街地が三日ぶりに繋がったという記事を書くためだからな。勘違いするなよ」

松本がシートに座り直して、私を見た。

「分かっています」

いや、そう言いながらこいつは少林寺の住職捜しを優先するだろう。

「二時間後に、船着き場に戻ってくる」

松本の表情が明るくなった。二時間も自由時間があるという表情だ。まあ、勝手にやってくれ。私は取材をするように命じ、彼女は了解したのだ。

渡船の船着き場には、大勢が集まっていた。半島からの避難者を乗せた渡船がちょうど着岸しようとしていた。船着き場の近くにマイクロバスが数台駐まっている。テレビカメラが二台見えた。記者も数人いる。

そこに向かって松本が駆け出した。船に群がる人の間を分け入っていく。少林寺の関係者を捜しているに違いない。

「下がって下さい。船から下りる方に道を空けて下さい!」

ハンドマイクを手にした若い自衛官が声を嗄《か》らしている。あまり効果はなさそうだ。松本は人の波に揉まれながら進んでいる。

ようやく知った顔を見つけたのか、松本は一人の女性に声をかけ、互いに肩を抱き合った。ばか、仕事しろと胸の中で罵倒しながらも我慢して静観した。その時、下船してくる人の中に見覚えのある老婦人を見つけた。写生グループのメンバーの一人だ。

その老婦人に体格の良い若い男が駆け寄り、声を上げて泣いている。

「お祖母ちゃん! ダメだったんだ。瑞樹《みずき》も萌《もえ》も」

老婦人は脱力したようにその場にへたり込んだ。

だが松本はそれに気づかず別の人物と話し込んでいる。相手が申し訳なさそうな態度になると、松本は肩を落とし、また別の誰かを捜し始めた。

それが我慢の限界だった。車を降り、体格の良い男にすがりつく老婦人に近づいた。彼女は泣き崩れるばかりで、代わりに息子だと自己紹介した男が答えた。

彼は市街地でクリーニング店を営んでおり、発災時は内陸部に配達に出かけていた。妻と娘は夫の帰りを待って逃げ遅れ、津波の犠牲になったという。そこまで話し終えると、息子も嗚咽した。老婦人が見せてくれた家族の写真は、私のカメラに保存されている。

私は慰めにもならないお悔やみを告げて彼らから離れた。

すぐ近くにいる松本は、まったく取材する気配すら見せず、誰かを捜している。

怒鳴り散らしたい感情を抑えて、松本の肩を摑んだ。

「松本、取材はどうした。人捜ししかやる気がないなら、通信局でおとなしくしていろ」

「お言葉ですが、記者である前に人としてやるべきことがあります」

「なら、記者証を返せ。個人でやればいい」

「私は心赦和尚に命を助けられたんです。そのせいで心赦和尚が津波に呑まれました。今でもその瞬間を私は鮮明に覚えているんですよ。恩人の消息を訊ねるのは、人として当然です」

「やりたければ、やればいい。その代わり、社が借りた車に君を乗せることも、通信局を使わせることもできない」

私は彼女に背を向けた。

背後で松本が悪態をついている声が聞こえた。私は無視して渡船を指揮している自衛官に近づいた。

「ご苦労さまです、毎朝新聞です。半島で孤立していた方の人数は、もう把握されていますか」

「ご苦労さまです。今のところ六七人だと報告されています」

「それは、あの渡船でこちらに渡ってこられた人数ですね」

松本のようにヘリで緊急搬送された人は含まれていない気がした。

「そうです。この渡船利用者数です」

「半島で発見されたご遺体はあるんですか」

「その点は私は把握しておりません」

そこで指揮官は「失礼」と断って、渡船の乗員らに声を掛けた。

「大嶽さん」

背後から松本の声がした。

私は振り向きもせず、渡船に指示を飛ばす自衛官の写真を撮った。

「大嶽さん、すみませんでした」

「本気で謝っているのか。それとも、車に乗るための方便か」

感情を害したらしく松本は露骨に不快な表情を見せたが、抗議するのだけは何とか抑え込んでくれたらしい。

「今後、オン・タイムでは勝手な行動を慎みます」

「オン・タイムだと！　言っている意味が分からない」

「被災地取材とはいえ、オフ・タイムもあると思います。その時は好きにさせてもらいます」

なめたことを……。被災地取材にオフ・タイムなんぞない。

「半島から戻ってきた住民を取材してこい」

人がまばらになっていたので、知った顔をすぐに見つけられた。

「青田さん、ご苦労さま」

青田は黙って敬礼を返してきた。

「ご同僚とはお会いになれましたか」

同僚と呼ばれるのには抵抗があったが、私は頷いて、松本の方を顎で示した。

「ご無事で何よりです。それにしても新聞社も人使いが荒いんですね」

「本人の希望なんです。取材というより、自分を救ってくれた代わりに津波に呑まれた方がいたらしくて。その人を捜すのが第一目的のようです」

無表情だった青田の興味を引いたようだ。

「お名前は分かりますか」

「少林寺の住職の心赦という方です」

「そうですか……。その方なら本日ご遺体で発見されました」

風光明媚な浜辺で暮らしたことがアダに

風光明媚な油浜で暮らす――それは、宮城県人の憧れだった。長年同県で高校教諭を務め、二年前に定年退職した野村亮三さん（六二）は、昨年その夢を実現した。海岸の近くに終の住み家として新居を構え、三陸市職員に嫁いだ次女の高島恵美さん（三二）夫妻も同居していた。

一一日、野村夫妻と恵美さんは自宅で被災。大津波警報の発令で、野村夫妻はすぐに避難所のある高台に向かい、恵美さんは、長男で油浜小学校二年の良祐君（八つ）を迎えに車で小学校に急いだ。この日、良祐君は小学校でドッジボール部の練習をしていた。

その後、二五メートル以上の津波が油浜を襲った。恵美さんと良祐君は、野村夫妻が待つ高台へと避難する途中で渋滞に捕まり、津波に呑まれたらしい。

国道に積み上がっていたがれきの撤去が終わり、壊滅的な被害を受けた市街地への立ち入りが一三日から許可された。待ちかねたように野村夫妻は、娘と孫を捜した。

「まる一日捜したんですが、手がかりすらありません。生きていることを信じています」

だが、時間の経過と共に悪いことばかりを考えてしまうという。「風光明媚な場所で悠々自適な暮らしを望んだことがアダになった」と野村さんは唇をかみしめる。

恵美さん一家は、両親が新居を構えるまでは、市街地から西に五キロほど行った県営団地に暮らしていた。同団地は津波の被害を免れている。

また、津波が油浜を襲った時に油浜小学校に在校していた児童は、全員三階建ての校舎の屋上に避難して無事だった。

【三月一四日毎朝新聞朝刊・宮城県三陸市・震災特別取材班・大嶽圭介】

1

「ウソです。私は信じません」

青田1尉から聞いた話を松本に伝えると、彼女は頑として拒絶した。

「信じる信じないはどうでもいい。事実を伝えただけだ」

「記者は常に自分の目と耳だけを信じろと教わりました」

「誰にだ」

「祖父です」

バカバカしい。あの爺様《じい》は新聞記者として働いたことはない。父親から受け継いだ莫大《ばくだい》な資産で、演劇や映画のタニマチとして名を馳せ、日々お気楽に暮らしている浮世離れした御仁に過ぎない。

「ならば、一緒に半島に来い」

ひとまず水が引いた少林寺が仮遺体置き場になっているらしい。自殺志願者を思いとどまらせた徳の高い人物の尊顔を一目でも拝みたかった。それに松本に書かせたい原稿があった。威勢がよかった松本の様子が変わった。息を呑んだまま固まっている。

「どうした？　自分の目で確かめるまで信じないんだろ」

そう言うと食ってかかるかと思ったが、松本は怯えたような表情になった。

「口ほどにもないな。怖いんだったら、ジャンボタクシーで昼寝でもしていろ」

私は青田に声をかけ、半島に渡りたいと頼んだ。

「またですか」

「津波の被害の実情を知りたいんです。邪魔はしません。頼みます」

私が頭を下げている横で松本も頭を下げた。

「私の命を救って下さった方が本当に亡くなられたのか、この目で確かめたいんです！」

青田が渡船を指揮していた上官に相談に行ってくれた。上官がこちらに近づいてきた。

「邪魔をしないのが条件ですよ。それとご遺体を撮らないで下さい」

それはできない相談だった。たとえ自衛隊とはいえ、我々の取材に注文をつける権利はない。

「もちろんです！　約束は必ず守ります」

松本の返答を聞いて、思わず二人の会話を遮った。

「勝手な約束をするな。我々が何を取材し撮影するかは誰にも束縛できない」

「でも、特別の配慮をして下さるんです。それぐらいの約束は当然じゃないですか」

当たり前のように反論されて、言葉を失ってしまった。

「大嶽さん、約束して下さいますか。ご遺体は撮影しない。ご遺族の了解なしには、取材も厳禁です」

上官が念を押してきた。守る自信はないが受け入れるしかなかった。私は渋い顔で頷いた。隣で松本が「ありがとうございます！」と叫んでいる。その松本の二の腕を引っ張って自衛官から離れた。

「今度勝手な約束をしたら、お祖父様に電話を入れて、ここにヘリを呼ぶからな」

「なぜです。私は、人として当然の約束をしただけです」

こいつは「人として」という言葉を金科玉条のように口にする。それがどうした。

「俺たちは記者だ。人道より事実追求が優先される。それが理解できないなら、おまえはここにいる資格がない」

「古くさいですね。まるでベトナム戦争の従軍記者みたいですよ。そんな旧態依然とした命令には従えません」

「ここととベトナムにそんな違いがあるのか」

「あれは戦争取材です。でも、ここは被災地で、無辜《むこ》の人が大勢不幸に見舞われたんです」

笑わせるな。

「だからこそ記録するんじゃないのか」

「そのために人の不幸を写真に撮るなんて、そんな権利が私たちにあるんでしょうか」

青田がこちらのやりとりを気にしている。

「ここで見聞きした全てを取材し出稿するのは、権利じゃない、義務だ。それができないなら、船に乗るな」

「何なんですか！　なんで私の行動にいちいち干渉するんです。記者は皆、自分自身の行動に責任を持ち、自己責任で取材をして記事を書くのでは？」

自己責任が聞いて呆れる。ならば、半島で孤立した時に、取材をほったらかして被災者の面倒を見た挙げ句、過労で倒れたりするな。それは記者失格だ。

「大嶽さん、答えて下さい」

大げさに肩でため息をつくと、松本を真っ正面から見つめた。

「自己責任、結構。だが、ここではチームで取材するのがルールなんだ。従って、キャップの命令は絶対だ。反論の余地はない。今後も勝手な言動を続けるなら、君を仙台に戻す」

松本の返事を待たず、ジャンボタクシーに向かって歩き出した。万が一を考えると、半島へは水や食糧を持参した方がいいいからだ。

2

遺体は、少林寺の瞑想堂《めいそう》と呼ばれるお堂に安置されていた。少林寺の敷地は半島の勾配に沿って広がっている。そのため標高の高い場所にある瞑想堂は津波の被害を免れていた。

「損傷の激しいご遺体もあります。そのおつもりでお願いします」

青田が説明すると、こちらに鼓動が聞こえそうなほど松本は緊張していた。

安置所の入口に永井が立っていた。私を覚えていたようで、会釈してくれた。

「松本さん、体調はもう大丈夫ですか」

松本は声をかけられても頷くのが精一杯のようだ。

「和尚は残念なことになりましたが、お顔はとても穏やかです。お参りしてあげて下さい」

永井自らが、案内に立ってくれた。松本が私の肘を握りしめて離さなくなった。強がりはさすがに通用しないようだ。

お堂には数基の柩《ひつぎ》が置かれている。他にも毛布にくるまれただけの遺体がある。ざっと数えたところ、三〇体ほどだ。心叔和尚は祭壇前の柩に安置されていた。寺の関係者らしい禿頭《とくとう》の若い男性が柩の前で熱心に祈っている。

「お参りの方です」

永井の言葉で、松本の手にさらに力が籠もる。

「さあ松本、しっかりとお礼を言わないと」

松本が柩の前にひざまずいた。柩に近づくと遺体の顔が拝めた。永井の言う通り、まるで眠っているようだ。松本は両手を合わせて祈っていたが、やがて力が抜けたように泣き崩れた。

「津波で命を落とされたのは、ご無念でしょう。しかし、このお顔を見る限りでは和尚はご自身の宿命を静かに受け入れられたのだと思います」

松本をいたわるように永井が言った。

「申し訳ありません。あの時、私が道に迷わなければ。皆さんと行動を共にしていれば、こんなことには」

「松本さん、ご自身を責めてはなりません。和尚はあなたを救えてよかったと思っていますよ」

そう言われて松本が肩を震わせた。これ以上ここにいるわけにはいかない。私は彼女を無理やり抱き起こした。

松本が名残惜しそうに心叔の亡骸《なきがら》を見つめている。その時、心叔に寄り添うように置かれた一柱の位牌《いはい》に気づいた。

「この位牌は？」

「これは発見された時、和尚が強く握りしめておられたものです」

誰かがきれいに泥を拭ったのだろう、戒名もはっきり見えた。

〝慈恵院涼風潔清信女〟

「奥様ですか」

「私も初めて見るんですよ。おそらくは奥様か、お母様でしょうか」

位牌の裏側を見たい衝動に駆られた。失礼を承知で頼むと、永井は快諾してくれた。

位牌の裏側に俗名は〈吉瀬涼子〉とある。〈享年二十七才〉は若い。やはり妻だろうか。ほんのかすかにその名前に聞き覚えがあるような気がしたが、思い出せない。

私は、もう一度穏やかに眠る住職の顔に両手を合わせた。

3

市街地に戻るという青田と共に寺を離れる段になって、瞑想堂で一夜を明かしたいと松本が言い出した。

「食事はどうするんだ」

「一晩ぐらい抜いても大丈夫です」

だが、永井らが放っておかないだろうし、それは被災者の食糧を分けてもらうことを意味する。私は持参した食糧と寝袋を押しつけた。

「絶対に迷惑をかけるな。それと、もう一つ条件がある」

松本は頷かない。

「心敎和尚について原稿を書け」

「何を書くんですか」

「おまえを助けようとして心敎和尚が津波に呑まれたいきさつから、大勢が彼の死を悲しんでいる中で遺体と対面するまでを書け。もちろん、生前の彼と会った時の印象や経歴も、だ」

松本の表情が強ばった。

「そんな酷い原稿、書けません」

「おまえは記者だ。それが書けないのなら、代わりに辞表を書け。明日の午後一時、市庁舎前で待っている」


松本を残して半島から戻り、船着き場でジャンボタクシーを捜したが見つからなかった。堀部の携帯電話を鳴らしてみたが、不通状態が続いている。だがジャンボタクシーには無線機があるし、やろうと思えば三陸通信局のアマチュア無線からの通信も可能なのに、何の連絡もない。

細川の衛星携帯電話を呼び出したがこちらも応答がなく、留守番電話に切り換わってしまった。一度電話を切って、もう一度かけてみる。

「もしもし?」

細川とは違う太い男の声が出た。

「あの、大嶽ですが」

「ああ、よかった!　堀部です。細川さんが大変なことになっているんです!」

興奮している堀部を落ち着かせて事情を聞いた。私から連絡がないので、代わりに細川を無線で呼び出したが、応答がない。それで一度、通信局に戻ったらしい。

「そしたら細川さんが床に倒れていて。凄い熱なんです。意識もなくって」

被災地取材が祟ったのだろうか。

「細川を総合病院に運んでもらえませんか？　私もそちらに向かいますから」

電話を切って、周辺を見渡した。アテはないが、なんとか通信局までの足を確保したかった。

船着き場で待機していたマイクロバスは姿を消しているし、医療テントも既に撤収されている。

行方不明者を捜しに来ている住民らが避難場所に戻る時に、頼んで乗せてもらうしかなさそうだが、峠に向かおうとする車もない。

仕方なく歩くことにした。背中を照らす夕陽が、道路に長い影を落とす。漁港独特の強い臭いが鼻を突いた。足下から這い上がってくる冷気が辛かった。

数珠《じゅず》つなぎのように路上に並んでいた遺体は既に消えている。

自衛官が瓦礫の中から運び出した遺体を、市の職員が幌付きのトラックに積み込んでいた光景を思い出した。市庁舎前の前線本部で訊いたら、遺体安置所まで運んでいるのだという。明日は朝一で安置所に行かなければ……。

迅速な対応に頭が下がると同時に、遺体がなくなったことで、雰囲気が一変した。変化をどう言い表せばいいのか――。

被災地に入って三日目だが、私は遺体の存在を意識下に押し込んでいたと、今はじめて自覚した。道路脇に遺体があっても、目が追うのは遺体を捜す遺族だけだった。大切なのは生きている人の嘆きだと自分に言い聞かせ、死を遠ざけた。

その思考は、我々記者だけのものではない。行政機関は、一刻も早く発見現場から遺体を〝排除〟し、安置所に送り届ける。それが津波に襲われる前の町に戻す第一歩だと信じているのだろうが、厳しい現実に対して頬被りしているに過ぎない。

悲惨なものから目を逸らしたい——。誰だって想像だにしなかった悲劇に見舞われれば、そう考えたくなる。

その瞬間、私たちは大切なものも失ってしまうのだ。

かけがえのないものを失った絶望の淵《ふち》にいるという現実を受け入れなければ、立ち上がることはできない。辛い第一歩だが、避けてはならない第一歩なのだ。

阪神・淡路大震災の後悔から逃げようとした私が、岡山で立ち直るきっかけを得られたのは、デスクの真鍋から「現実から目を逸らすな。そうでなければ、克服なんて一生できない」と何度も言われたからだ。

理屈では理解できても本能が及び腰になる私に、真鍋は厳しく接した。だが、そうされたからこそ、どん底と向き合うことができた。

それで〝過ち〟が清算されたとは思わない。しかし、それを教訓に前に進むことができた。途方に暮れたり、思考停止になりかける自分を叱り飛ばすこともできた。

だから、死から目を逸らしてはならない——。非常識だと分かっているが、遺体はその人が生きていた場所にこそ安置すべきではないのかと思う。

いきなり背後からクラクションを鳴らされた。振り向くとワンボックスカーが目の前で停止した。

「どこまで行かれるんですか」

市章が入った作業服を着た男性が声をかけてきた。

「国道との分岐点を右折して上った高台にある毎朝新聞通信局に戻りたいんです。同僚が急病で倒れて、私は足がなくなってしまったので」

近くまで送りましょうと快く言ってくれた。

親切が身にしみた。心から礼を言って、助手席のドアを開けた。


国道と通信局へ続く枝道との分岐点で降りると、そこに駐車しておいたジムニーに乗り換えた。

病院に着くと、外来は昨日よりも患者が増えていて、トリアージで分けられたシートの色が見えないほどだ。

堀部の話からして細川は救急救命センターにいると思われる。

「少し前に、高熱を出した二〇代の男性がこちらに運び込まれてるんですが」

救急救命センターの入口で看護師に訊ねたが分からないと返された。仕方ないので勝手にセンターの中に入ったら、堀部がいた。

「大嶽さん、まずいことになりました。破傷風の疑いがあるそうです。仙台か盛岡に緊急搬送しないと、命が危ないと言われちゃいまして」

なぜそんな酷いことになるんだ。

「本人は今朝病院で診てもらったと言っていたんですが」と私が呟くと堀部が先を続けた。

「それは分かりませんが、とにかくもう意識がほとんどないんですよ」

その時、松本と細川にそれぞれの体調を訊ねたら互いにフォローし合っていたのを思い出した。あいつら、二人とも診察なんか受けてなかったんだ。

「どうやって搬送するんですか」

「ドクターヘリがあればいいんですが、基地に戻ってしまったそうで」

つまり搬送手段がないということか。

堀部に案内されて細川がいる治療室に入った。

「なんですか、あなたは？」

年配の看護師に咎められた。

「毎朝新聞の大嶽といいます。破傷風の疑いがあるという細川の上司です」

自衛官と二人の医者がこちらを向いた。

「協議中です。外で待っていてくれませんか」

「自衛隊のヘリもダメなら、ウチのヘリを寄越せないか訊いてみます」

男たちが顔を見合わせている。答えたのは自衛官だった。

「御社のヘリは、どちらにいるんです？」

「分かりません。しかし、被災地の取材のために投入されているはずですから、東北のどこかにはいるはずです」

それでは頼むと言われ、私は屋外に出て、東京を呼び出した。

平井に事情を説明し、ヘリを要請した。

「大嶽、そんな要請を認めると思うか。社ヘリはタクシーじゃねえんだ」

社主の孫娘のためなら飛ばすじゃないか。

「明日の朝まで待てば、細川は最低でも足を切断しなきゃならなくなるんですよ」

「ちょっと時間をくれ。おまえのお願いなら社主様も聞き届けてくれるかもしれんからな」


毒づきながら救急救命センターに戻ると、自衛官から朗報があった。

「毎朝さん、ウチの方で何とかなりましたよ。実は、隊員も二人、同様の状態にあるんです。応急処置が終わった後、しかるべき病院に搬送します」

安堵で両肩の力が抜けた。

「瓦礫撤去でお怪我をされたんですか」

「そのようです。一名は危険な状態です」

ヘリは三〇分ほどで到着するという。

細川を見舞うと、点滴を打たれながら眠っていた。息が荒く、体が強ばって見える。

「三〇分でヘリが来ます」

それを聞いた堀部は「よかった、本当によかったですね」と言いながらベッド脇の椅子にへたり込んだ。

暫くして細川が目を開けた。目だけを動かして状況を察するとすぐに涙目になった。

「泣くな。ちゃんと治療してもらえるから安心しろ」

「僕、戻ってきますから」

「分かったよ。戻りたいなら、完治してこい」

安心したのか細川は、再び眠りに落ちた。

自衛隊ヘリが到着すると手際よく応急処置が施された。ヘリで来た医師に細川の容態を尋ねたが、「通常の潜伏期間より早く発症しているのが気になります」とだけ言われた。場合によっては、足の切断を覚悟しなければならないかもしれない。

星ひとつない空にヘリが溶けていくのを見ながら、柄にもなく神に祈った。

4

その夜、通信局で堀部と二人で食事をした後は、原稿書きに追われた。だが書き始めると、何度も手が止まってしまう。その繰り返しだった。

午前一時、日付は三月一五日に変わっている。もっとも変わったのはそれだけだ。この地の時間は三月一一日から止まったままで、光のない闇の中にある。

頭を冷やしたくなって、戸外に出た。刺すような寒さで全身が震えた。薄い室内着だけで出てきたので凍えて当然だ。だがその冷気が妙に心地よくて、海を望むテラスの椅子に腰を下ろした。氷の上に座ったような冷たさだ。

昼間ここに座っていた時は、前方に青々とした海が広がっていたが、今は闇しかない。耳を澄ますと波音が聞こえた。それが聞こえて少し安心した。

だが、それも長くは続かなかった。暗闇も怖かったが、それ以上に無音の中にいるというのは辛い。

部屋から衛星携帯電話を取ってきて、妻に電話を入れた。

「もしもし？」

眠そうな声が応じた。

「悪いな、遅くに」

「どちら様？」

不機嫌そうな声が問うてくる。

「元気にしているか」

「さあね。それより、何のご用かしら、こんな時間にいきなり」

最悪の状況で家を飛び出してきたのを思い出した。

「急に声が聞きたくなったんだ」

「それはどうも」

電話が切れた。

もう一度かけようとしてやめた。家族のことを考えろという妻の主張を一顧だにせず、被災地取材に出かけたのだ。その時、「今度実家に帰ったら、もう戻らないつもり」と妻は言った。そんな相手に深夜に電話をかけて「声を聞きたくなった」と縋《すが》って、私は何を期待したのか。

さらに孤独がのしかかってきた。

深夜に電話しても怒られない相手と話すことにした。

「毎朝、宮村《みやむら》です」

警視庁記者クラブのサブキャップを務める宮村和《なごみ》が元気いっぱいに応答した。私がサブキャップの時に最も期待した若手のエースだった。

「今、クラブか」

「あっ嶽さん、お疲れさまです。この頃はクラブに住んでる状態ですよ。ほとんどの記者を震災取材に取られちゃったせいで、てんやわんやです」

「こんな最中にデカい事件《ヤマ》でも弾けたのか」

「そういうわけではないんですけど、震災関連で警視庁や警察庁の動きをフォローする必要もあるので。それより何かご用ですか」

「急に声を聞きたくなったんだ」

「うっわあ、嬉しいです！　最近のクラブは殺伐としているんで、そういうコメント大歓迎です」

和にそう言われると相手は不思議とホッとするのだ。名は体を表すの典型なのかもしれない。三代にわたって門前仲町育ちという彼女は、警視庁担当を四年も続けているのに、未だに無邪気で垢《あか》抜けない。

「そっちは、壮絶みたいですね」

声の調子が落ちた。

「まあね、己の弱さと、記者としての無能さを痛感してるよ」

「何おっしゃってるんです。仙台市の荒浜地区の記事、署名入りで社会面を飾ってましたよ」

こちらにいると、新聞も読めない。自分の記事がそんな扱いを受けていたのに驚いた。

「実は私も第二陣として行かせて欲しいと手を挙げているんですが、サブキャップはダメだって一蹴されまして」

上の判断は正しい。おまえは来ない方がいいよ。宮村は感受性が強く、悲しみに暮れる被害者に対しても丁寧な対応をする。そういうデリカシーがある者は、被災地では保《も》たない。

「それにしても嶽さんの年次で、よく現地になんて行かせてもらいましたねえ」

「俺は、３Ｃのキャリアだからね」

日航機墜落、阪神大震災、地下鉄サリン事件という三つの大災害《catastrophe》（サリン事件は〝事件〟だが）をまとめた呼称だ。そのいずれかの取材を担当した記者は、周囲から敬意を込めて３Ｃと呼ばれる。

「そっかあ、阪神の時は入社一年目だったんですよね」

「だが、ここの惨状は、阪神の比じゃない」

「何が違うんですか。私、阪神の時って大学一年生でしたけど、阪神高速道路が倒れた映像は、未だに鮮明に覚えています」

横倒しになった神戸市深江の高速道路の光景が鮮明に蘇ってきた。

「地震の破壊力自体は、もしかすると阪神の方が強かったかもしれない。大都市災害だしな。だが、こっちの津波被害は、人が住んでいたことすら想像できないほどだ。気が変になりそうだ」

「そんな場所に行けないのは、記者失格みたいな気がするんです。世界が騒然となるほどの大災害が、日本で起きてるんですよ。なのに指をくわえて見ているだけなんて情けなさすぎる」

「震災のニュースは、別に現地だけじゃなくても書けるだろ」

「こっちは、もう原発事故の恐怖一色ですよ。子どもを学校に行かせない親とか、密かに西日本や海外に避難させている金持ち連中など、恥ずかしい話ばかりで食指が動きません」

原発事故の現状を訊ねると、宮村はため息交じりに答えた。

「もう何が起きてもおかしくないです。東京にいるのが安全なのかどうかすら分かりません」

「そんなに情報が錯綜してるのか」

「錯綜というか、現場には入れないので、正確な情報が取れないんです。福島第一原発では必死に原子炉の暴走を止める作業を続けてるようなんですが」

そんな時は、現場から正しい情報を伝えるべきなのだ。報道は、原発内に入って取材するしかない。命が危険だと言うが、東電の職員は、事故が起きた福島第一原発敷地内に今なお留まって処理に当たっている。ならば、それを伝えるのもまた記者の務めだ。

「現地の取材規制はまだ続いているのか」

「立ち入り禁止区域の手前までは入っているようです。でも、高村さんはそれを突破したって話ですよ」

やるな、高村。

だが、いずれ彼女の代わりが必要になる。

「嶽さん、聞こえていますか」

「すまない。ちょっと考え事をしていた。ネタになるか分からないが、気になることがある」

〝小中校での避難ルール〟について具体例を交じえて説明した。

「お迎えに行ったお母さんの車が渋滞に捕まって津波に呑まれ、児童と一緒に亡くなったという事例ですが、それは、教育委員会で取り決めたルールなんでしょうか」

「そこまでは取材できなかった。ただ、その子の祖父が高校教諭だったんだ。彼の話では、県教委の方針では、被災後は運動場に児童生徒を集合させ、速やかに迎えに来た親に引き渡すとなっていたらしい」

それを聞くと、宮村はさらにやる気を起こして電話を切った。

宮村と話したおかげで、もう一度、原稿に向かおうという気力が湧いてきた。

私はすっかり冷え込んだ体を丸めながら、オフィスに戻り、パソコンの前に座った。

5

翌朝午前八時過ぎに私は、一人で通信局を出た。

松本から迎えを求める連絡があるかもしれないと堀部に告げて、雨の中、ジムニーで出かけた。

この取材だけは、独りで行きたかった。

行く先は、旧海老江第二中学校。三陸市に合併後、市内の中学は統廃合されたために、第二中学は廃校となった。その後、地元市民の憩いの場として運動場だけが開放されていた。そこの体育館が遺体安置所となっている。

阪神・淡路大震災を取材する中で一時期、遺体安置所の前に立ち、行き交う人たちに謝り続けたことがある。

そうしなければならないという強迫観念に追い立てられて、遺族らに気味悪がられても、市の職員に追い払われても同じ行為を繰り返した。

それをからかった先輩記者との大立ち回りの後、私は千葉の実家に強制送還された。結局、神戸支局には戻れず、岡山県の通信局に異動になったのだ。

その後、岡山支局で県警担当となった頃、阪神・淡路大震災の時に遺体安置所だった場所を訪ねた。だが、既にまったく別の公共施設が建てられていた。

それでも当時の名残を求めて、一時間ほどさまよい、遺体安置所があったと記された小さな石碑を施設の中庭の片隅に見つけた。

持参した花を供えて両手を合わせ、二度と同じ過ちを繰り返さないと固く誓った。ただ、それで禊《みそ》ぎが終わったとは思わなかった。もし、また同じような大災害が起きた時、自分はためらわず被災地に取材に出かける、とも誓った――。

一旦、市街地まで出てから、南に向かった。高台を上った突き当たりに、目指す旧海老江第二中学校があった。

八時半を少し回った時刻だったが、既に数台の車が駐車していて人の行き来もあった。

足下がぬかるむ中、私はダウンコートのフードを被って、体育館前まで小走りで向かった。

「おはようございます」

三陸市のロゴマークが入った作業着を着た年配の男性に声をかけた。

「おはようございます」と答えてくれたが、「恐れ入りますが、取材はできませんので」と冷たく返された。腕章はしていないし、カメラすら持っていないのに、私が記者だと分かるらしい。

男性の背後に観音開きの扉がある。両扉とも開いており中が見えた。薄暗いが、何カ所かに置かれたろうそくの炎が揺れている。

私の視線を感じてか、恰幅の良い男性が立ち塞がった。

「あんたたちも大変だとは思うけれども、どうぞ遺族の方に配慮して下さい」

「お線香を、あげさせてもらえませんか」

昨日、通信局に戻った時に非常用ロッカーをあさって一束の線香を見つけたのだ。

「そういう下手な口実はやめましょうや」

男性は態度を硬化させた。

「確かに私は記者です。被災地の取材をしています。お話を聞いて記事にした方が娘さんとお孫さんを捜しておられまして。こちらに安置されていると伺ったんです」

「あんた、適当な話をでっち上げるのはおやめなさい」

「油浜の高島恵美さんと良祐《りょうすけ》君です。一昨日、恵美さんのお父様である野村亮三さんからお二人の悲劇を伺いました。お話を伺った時は、お二人の安否が分からなかったので、私もお捜しすると約束したんです」

男性の肩の力が抜けた気がした。

「市庁舎前の前線本部で、恵美さんと良祐君のご遺体がこちらに安置されているのを知りました。それで」

私はダウンコートのポケットに潜ませた線香を取り出して見せた。

「ご覧の通り、カメラも持っていません。ただ、取材にご協力戴きながら何の役にも立てなかったお詫びに、お参りさせて欲しいんです」

ちょうど通りかかった若い職員に男性が声をかけた。

「ここを代わってくれ。こちらを案内するので」

「ありがとうございます！」

男性は何も言わずに、体育館内に入った。一歩足を踏み入れると、死の臭いが充満していた。

男性が両手を合わせて頭《こうべ》を垂れたのを見て、私も倣った。

体育館の半分ぐらいが遺体で埋まっている。柩に納められた遺体は少なく、大抵はブルーシートの上に毛布などで巻かれた状態で安置されていた。数人ではあるが、遺体のそばに寄り添っている人もいた。

男性は、迷うことなくある場所に誘った。

毛布で巻かれた二体の遺体が並んでいた。男の子の小さな遺体が痛々しかった。二人の枕元には、ミカンが一つと泥だらけの体操帽が供えられていた。

私は二つの遺体を目に焼きつけるため、暫く凝視した。そして、合掌した。

「線香立ての代わりにしてもいいでしょうか」

ポケットから湯飲み茶碗を出した。通信局の備品だ。

男性が頷くのを確かめてから、線香にライターで火をつけた。そして、もう一度合掌した。背後に気配を感じて振り返ると、男性も手を合わせていた。

「恵美は、よく気の利く職員でした」

「ご存じだったんですか」

「あの子が結婚して良祐を産むまで、私の部下だったんでね」

恵美さんは出産後に、家庭に入ったのだという。男性はすでに退職して、現在はこの旧中学校の管理人を務めていると話してくれた。

「本人は復帰するつもりだったんが、良祐がぜんそく持ちでね。それで諦めたんだ。でも、小学校でドッジボール部に入った頃から、ぜんそくが治まったって喜んでいたよ」

男性の口調は、実の孫を愛《いと》おしむようだった。

「お父様は、油浜での同居を誘ったのを悔やんでおられました」

「悔やむことばかりだ」

男性は大きなため息をついた。

「野村先生に会ったら伝えてくれ。恵美は、油浜の自宅を自慢してたって」

それを伝えられる自信はなかった。だが、私は頷いた。

そして、もう一度眠るように横たわっている〝二人〟に手を合わせた。

6

午後一時を過ぎて市庁舎前に到着したが、松本の姿はなかった。雨はやんでいたが、分厚い雲が居座っている。

前線本部を覗き、桃花峠の復旧作業が終わっているのを知った。今日の午後四時から通行可能だそうだ。落ち合った堀部に伝え、さらに今日は松本を連れて仙台に戻るつもりでいて欲しいと言い添えた。

それから前線本部にいた自衛官に破傷風対策について訊いてみた。

「質問の意図が分からないんだが」

今日は愛想の悪い担当者に当たってしまった。破傷風にかかった自衛官が総合病院にいた事実を告げると、相手はさらに態度を硬化させた。

「そんなことを知ってどうするんだ?」

「ウチの記者も昨夜、破傷風を発症して緊急搬送されまして。より危険な場所で救出活動をされている自衛隊の対策を知りたいんです」

今朝早く、細川は回復に向かっているという連絡が、仙台支局から入っていた。

「そういうことはここでは分からないね。防衛省の広報にでも訊いてくれ」

まったく取りつく島もない。

午前中の雨のせいで、路面はぐずぐずになっていた。足場の悪い中で、救出作業を続けている自衛官を眺めた。彼らに話を聞いてみよう。松本の面倒ばかり見るのは、うんざりだ。

少し歩いただけで膝から下はずぶ濡れになり、冷気で脚の感覚がなくなっていた。

自衛官らは崩れた建材を除去しながら、倒壊家屋の中に不明者がいないか声をかけている。

「どなたか、いらっしゃいますか」

何度かそう呼びかけた後で、赤い小旗を差し込んでいる。タイミングを見計らって上官とおぼしき1尉に声をかけた。

「瓦礫撤去の際に、釘を踏み抜いて破傷風になる自衛官が跡を絶たないそうですが」

「おっしゃる通り、我が隊でも一名、多いところでは三名も出しました。深刻な問題になりつつあります」

そう答える1尉の顔も疲労の色が濃く、肌は乾燥しきっている。

「対策は？」

「こういう場所では安全靴を履くべきなんですが、その準備をしていませんでした」

安全靴なら、釘を踏んでも突き刺さらない鋼板を中底に敷いてある。

「じゃあ、ここで作業をしている自衛隊員も履いていない？」

「手配しているんですがね、届かないんです」

「それでは、おちおち作業もできませんね」

「そうなんです。どうも東京の対応が鈍い気がします。最前線の我々が安全に活動できるようにして欲しいという声が届きにくい。あくまでも個人的な感覚ですがね」

被災地が広範囲にわたるというのもあろう。だが、とにかく原発事故対策に必死で、それ以外は全て後手に回っている気がした。中央は、そちらばかり気にしている。

「最前線の自衛官が安心して活動ができるように、一刻も早く安全靴を標準装備させるように紙面でも訴えます」

1尉は敬礼をして「頼みます」と返してきた。

市庁舎の方を見ると、小走りで玄関に向かう女性に気づいた。松本だ。何度か名前を叫んで、ようやく振り向いた。

「約束の時刻は守れ」

「ちょっと早く着いたので、取材していたんです」

花登神社を撮りに行ってきたらしい。

「昨日出稿した原稿の写真を今さら撮っても遅いだろう」

「私には必要なんです」

どう必要なのかというバカげた問いは返さなかった。

「心赦の原稿は？」

松本は不機嫌そうな態度でフラッシュメモリを差し出した。

7

自衛官が瓦礫の中で撤去と捜索作業にいそしんでいる様子を撮ってこいと松本に命じてから、先にジャンボタクシーに戻った。松本が書いた心赦和尚に関する原稿をチェックしたかった。

〈地元で、「救世主」と呼ばれた僧侶がいた。少林寺拳法の達人にして、柔道整復師としての評判も抜群だった。だが、彼が「救世主」と呼ばれたのは、何人もの自殺志願者を踏みとどまらせたからだ。僧侶の名は、心赦、本名中橋良一は三陸市花登にある少林寺の住職を務めていた。〉

少林寺と心赦和尚が取り組んできた自殺防止活動などが延々と綴られている。おまけに大特集か連載企画かというほど大量の原稿がある。こんな駄文をダラダラと書く神経が理解できなかった。

一体、松本は何を書くつもりだ。

津波に呑まれそうになるのを助けてくれた男が、自分を助けたことで命を落とした――という記者自身が九死に一生を得た話に焦点を当てなければ、記事として価値がない。

松本はその点については一切触れていない。心《しん》敎《きょう》の遺体が発見された時の状況は書かず、ただ心《しん》敎《きょう》の通夜に参列する人の行列ができ、信者や関係者が夜通し涙を流したというお涙頂戴話だった。

私はタバコをくわえて車外に出た。

煙を思いっきり空めがけて吹き上げると、電話が鳴った。震災特別取材班筆頭デスクの戸部だった。

「お疲れさま。大活躍だな、大嶽」

皮肉屋に褒められるとつい身構える。軽口を叩くと反撃されそうで、沈黙した。

「嫌みじゃないぞ。社主の孫娘を捜す大役を押しつけられながら、いい記事を書いてくれた」

「どの記事です？」

「握った手を離さない祖母と孫娘の原稿だ。ああいう抑制の利いた、かつ悲しい原稿が俺に好きだ」

素直に礼を言うしかない。

「それよりもっと良かったのは〝老教師の嘆き〟かな。娘と孫の安否確認は怠らずに続けろよ。それで亡くなったらさらに涙を誘うからな」

二人の遺体が発見され、自分の目で確かめてきたと返した。

「続報として入れろ」

そのつもりだった。あの後、遺体安置所の〝管理人〟からも話を聞いた。それも加えて送ると言った。

「この調子だと、宮城班は三陸市の記事ばかりになりそうだよ」

「他の班は苦戦しているんですか」

「そうだな。出稿量は多いんだが、皆、似たり寄ったりなんだ」

遠藤、しっかりしろよ！

仙台に着いた夜、不安を口にした遠藤に私は期待していたのだが。

「遠藤はどうしてます？」

「東京に帰した」

耳を疑った。

「何があったんです？」

「俺が訊きたいよ。二日目の朝に、ホテルの部屋から出て来なくなってね。もう取材ができないって泣くんだよ。それで、平井さんと相談して帰したんだ」

優しすぎたのか、遠藤……。

「じゃあ、石巻には誰が？」

「支局の五年生を代わりに行かせた。女の子だが、なかなか頑張ってるよ。それはそうと細川の代わりだが」

「大丈夫です。私一人で何とかしますから」

「支局長は、お嬢様と一緒に動けないかとおっしゃっている。この機会に記者として鍛えてやって欲しいそうだ」

冗談だろ。

「それは無理でしょ。社主から直々に、早めに東京に帰して欲しいと言われましたよ」

「そうか、残念だが社主がそう言うなら仕方ないな。分かった。すぐにでも飛んでいきたいという活きのいいのを選んで送るよ」

新しい記者が来るのはいいが、また途方に暮れられるだけなら、かえって足手まといになる。だが、一人でも多くの記者が、被災地で取材すべきだとも思う。その経験は、今後の取材に絶対に生きてくる。

「お任せします。いずれにしても松本は今晩、仙台に送り返します」

「おまえは残るのか」

「通信局の設備が素晴らしいので、ここでもう少し頑張ります。その代わり二人分働きますから」

「おまえ、キャップなのを忘れてないか」

言われるまで忘れていた。

「それは和泉さんにお任せします」

「勝手に決めるな。まあ、こちらで考えておくが、それより女川町の原稿が欲しいんだが」

三陸市に劣らない甚大な被害が出たと聞いている。言われるまでもなく、明日には行くつもりだった。

「原発まで行ってこい」

戸部の無責任な一言で電話を終えると、松本が戻ってきた。

「取材終わりました」

「心赦和尚の原稿は、書き直してくれ」

それまで満足そうに高揚していた顔が一変した。

「どうしてです？」

「原稿は三〇行以内だ。要素は二点のみ。おまえを助けようとして死んだ男がいたこと。その生死を分けた瞬間を書け」

「そんなことできません」

「遺体で見つかった時に握りしめていた位牌についても書け」

「意味が分かりません！」

「意味はどうでもいい。なぜ、死してなお彼はあの位牌を必死で握りしめていたんだ。それを記事にするんだ」

その原稿をあげたら、彼女は仙台に帰す。

言葉を失ってはいけない

海を見るのが怖くなった――。発災後の一二日から宮城県の被災地取材を始めて、多くの被災者から同じ言葉を何度も聞いた。

「海は恵みの源だった。海のおかげで生きてこられた。でも、今は海が恨めしく、そして怖い……」

三〇年以上漁師を続けてきた男性は、青空に映える海を直視できないでいる。なのに海岸が見える場所にやってくる。

「本当は夢だったんだって思いたくてね。それとも、やっぱり自分は海から離れられんのかもな」

津波で破壊されて海岸線には近づけない。がれきの間から海が見える場所で、ただじっと何時間でもしゃがみ込んでいる。

今、被災地にいる記者の大半は、かつてそこがどんな町だったのかを知らない。そんな記者が、全てを失った人たちの気持ちを推しはかり、ありのままを記事にするというのは不可能だ。

ただ一つ、記者がこの地でくじけそうになる時に心の中で繰り返す言葉がある。

言葉を失ってはいけない。とにかく目に映るもの、聞こえる音、声、匂い、そして何より、それでも生き続ける被災者の息づかいを伝えるのだ。

しかし、圧倒的な〝無〟を前にして、我々は自然のすさまじい破壊力におののくばかりだ。こんな状況から立ち直れるのだろうか。

頑張りましょう！　応援していますよ！　そう言うのはたやすい。

何かを始める手がかりを探す。今、現地でやるべき仕事は、それに尽きる。

【三月一五日毎朝新聞朝刊・宮城県三陸市・震災特別取材班・大嶽圭介】

〈写真は、宮城県三陸市で、何時間でも海のそばでしゃがみ込む男性＝撮影・大嶽圭介〉

1

松本が四苦八苦して原稿を書き終えた頃には日没が迫っていた。とてもじゃないが、送稿できるような出来ではなく、私が手を入れて送った。

彼女にはそれが不満だったようだ。デスクが直すならともかく、キャップとはいえ肩書きが同じ記者に直されるのは納得できないと抗議してきた。

配下の記者があげてきた原稿を整えるのもキャップの仕事だが、入社一年目の松本には、そういうことをされた経験がないのだという。また毎朝新聞は署名記事が一般的だから、他の記者が大幅に書き換えるというのは、ルール違反だとも詰った。

しかし、デスクと現場間のやりとりすらままならない状況で、彼女の希望を叶える余裕などない。文句があるなら、もっとまともな記事を書けと返すと、今度は署名を外せと言い出した。結局、二人の連名で原稿を送り、判断をデスクに委ねた。

その後、松本に仙台に戻るよう命じると、また大騒動になった。挙げ句に彼女が仙台支局長に直談判して、無理を通した。ただし、東京から細川の代わりが来るまでという条件付きだった。

堀部が一人で仙台に帰ると、気まずいムードのまま午後八時頃質素な夕食を二人で摂《と》った。この先のことも考えて、努めて穏便に食事しようとしたが、松本にそんな気はなさそうだ。終始無言で食事を済ませると、〝自室〟と彼女自身が決めた三階の洋室に籠もってしまった。

バカバカしくなって、備蓄品の缶ビールとするめで鬱憤を晴らした。

暫くはラジオを聞いていたが、不意に眠気に襲われた。明日の取材準備をし、早めに寝ようとパソコンを開いた。アマチュア無線を使ったネット接続で、自社を含めた各メディアの震災関連ニュースをはじめてじっくりと閲覧した。

どの社の報道も破壊の限りを尽くされた現場の写真と、悲しみの言葉や九死に一生を得た談話で埋め尽くされていた。だが、トピックとして圧倒的な量を占めているのは、原発事故だった。未だに収束する気配すらなく、官邸も東電も不首尾の言い訳に終始していた。

原発事故が未曾有の事態であるとはいえ、北は青森から南は千葉県まで多くの被災者が、不安と恐怖の中で余震に怯え、物資不足に見舞われて今日を生きるのに汲々《きゅうきゅう》としている。その一助となる情報を流さなければ、次の一手も打てないし、そもそも被害の甚大さも伝えきれない。

明朝取材に出かける予定の女川町についてグーグルで検索してみた。毎朝新聞を除き、他社はどこも壊滅した街の様子を撮った写真と共に、惨状を伝えていた。原発城下町として知られる女川町の破壊状況は三陸市を凌いでいた。

不幸中の幸いは、東北電力女川原子力発電所が地震で大きな被害を受けながらも津波の被害を免れ、何とか冷温停止したことぐらいだ。

もっと早く取材に行くべきだった。松本のことさえなければ。

そんなマイナス思考はすべきではないが、松本捜索を最優先するように命ぜられたために、被害状況を無視して花登平島に乗り込んだのだ。ようやくその重荷から解放されると思ったのに……思い返してますます腹が立ってきたので、腹いせに持参したボウモアを開けることにした。

「ここに何しに来てんだよ!」

張り上げた声が、誰もいない真っ暗な部屋に響いた。灯りはパソコンだけだ。頭を抱えてうずくまった。

自棄を起こしたところで何も解決しない。こういう時はとっとと寝るしかない。ため息をついて、ボウモアを飲み干そうとした時、衛星携帯電話が鳴った。

「お疲れさまです。宮村です」

「和か。電話もらえるなんて、感激のあまり泣けてくるよ」

「ほんとですか。じゃあ、毎晩かけますよ」

嬉しいことを言ってくれる。

「さっき、松本って新人が書いた記事がネットにアップされました。彼女を救ったために、命を落としちゃった和尚さんの記事です」

「それがどうかしたか」

インターネットが繋がって、件《くだん》の記事が画面に現れた。署名は松本真希子だけになっている。社主に媚《こ》びたい誰かが、私の名を削除したようだ。

「この和尚さんが握りしめていたという位牌なんですが、嶽さん、この名前に覚えないですか」

どこかで聞いた名前だと思いながら、そのまま失念していた。

「俺も引っかかってたんだが、思い出せないんだ。和は何か思い出したのか」

「これって、判事殺しで指名手配を打たれている吉瀬《よしせ》健剛《けんごう》の妹じゃないですか？」

〝判事殺し〟とは、一九九〇年代後半に、東京都世田谷区で起きた事件だ。警視庁の警部補だった吉瀬健剛が、東京地裁の判事夫妻を殺害したのだ。しかも、被害者を十数回も刺して殺した上に放火するという残虐さで世間を震撼させた。

「なんてこった。なんで俺は思い出せなかったんだ……」

「無理もないですよ。一〇年以上経っている事件ですから」

「だが、おまえは気づいたじゃないか、宮村」

「私が気づいたのは、たまたまです。震災が起きる直前に、警察関係の凶悪事件を検証する特集を考えていて、〝判事殺し〟のファイルを復習していたんです」

宮村は暇を見つけては未解決事件の資料を丹念に読んでいた。

「事件が発生したのは一九九八年六月一三日の夜です。警視庁に、新宿中央署の吉瀬健剛だと名乗る男が、『布施《ふせ》という悪徳判事を刺し殺し、自宅に火をつけた。これは、天誅《てんちゅう》だ』と一一〇番通報してきたんです。その吉瀬の妹の名が涼子《りょうこ》。後に、殺された判事と不倫関係にあり、自殺したと週刊誌がスクープしています」

ようやく記憶が鮮明になった。それにしても、なぜ吉瀬が三陸市にいるんだ。

「吉瀬は、三陸市出身なのか」

「いえ、両国です。両親の出身地までは摑めていないんですが」

「吉瀬涼子が、同姓同名の他人の可能性は？」

「あるでしょうね。ただ、吉瀬警部補の妹は、二七歳で死んでます」

位牌の享年と同じだったが、まだ確定とは言い難い。松本を助けた心教が、凶悪殺人犯……。

そんなことがあり得るのだろうか。

「嶽さん、この和尚さんって、自殺志願者を救ってたんですよね」

「そうだ」

「全国的にも有名な方みたいなんですが、ネット上に写真が一枚もないんです」

そういえば心赦の写真を見た覚えがない。広瀬の記事や、関係者のブログにも心赦の写真はなかった。少林寺の前住職で心赦の師匠である心戒《しんかい》和尚の写真は山のようにあるのに……。

「戸籍、取れないんですよね」

「そうだ。津波が全部消し去った」

ほぼ同時にため息が漏れた。

「吉瀬健剛の写真はあるのか」

「ええ、数枚あります。手配書のコピーもあります」

だとすると、花登半島の遺体安置所で眠る和尚の顔写真を撮れば、照合できる。松本には、写真を押さえておくようにと指示したが、その通り行動したかは怪しい。

「ねえ嶽さん、この件、ちゃんと追いかけた方がいいんじゃないですか」

異論はなかった。松本がまた抗議するだろうが。

「そっちにある資料を、ＰＤＦで送ってくれないか」

「了解です。私の方でも調べてみます」

大勢の自殺志願者が、彼と出会ったことで自殺を思いとどまっている。松本の言ではないが、だからこそ心赦を「救世主」などと呼ぶのだろう。その人物の過去が、判事夫妻を刺殺した凶悪犯だと判明したら、世間は騒然とするだろう。大スクープだ。

「ところで、吉瀬が真犯人だとサツが特定した根拠はなんだ？」

「犯行後、自ら電話してきただけでなく、ご丁寧にも吉瀬は現場に自分の警察手帳を残しています。一階洗面所の水が張られたシンクの中にあったので、燃えずに発見されました。また、凶器も同様の状態で発見され、柄に血の付いた吉瀬の指紋まで残っていました」

水中でも指紋が消えなかったのは、サランラップでしっかり巻いてあったからだ。

これほど徹底的に自身の犯行を裏付ける証拠を残しながら、なぜ逃亡したのかが最大の謎だった。

「吉瀬の逃亡先についてのサツの見解を知りたい。土地勘のない男が、なぜ東北の沿岸部の小さな町に辿り着いたのか。また、彼と仏教の関係も知りたいな」

「あんまり派手に動けないので、期待しないで下さいよ」

妙に嗅ぎ回ると警察だけではなく他社が勘づき、やがて隠密取材がばれてしまう危険がある。

「そこは任せるよ。あと、妹についてもよろしく。ぼんやりとした記憶だが、吉瀬の妹は殺された判事と不倫関係にあったと書いたのは、週刊誌だけだったろ。新聞ではそこまで踏み込んでいない」

毎朝新聞の警視庁担当は、暇さえあれば未解決事件のファイルやスクラップ帳に目を通すように言われている。私は宮村ほど熱心ではなかったが、それでも吉瀬の事件は、興味があって一通り知っている。

「ただ、週刊誌ではRというイニシャルだったのが、当時、事件を取材していた新井さんのメモには、涼子という名が記されています。また、不倫関係もあったようだと記されています」

先輩記者の新井は根気強く事件を追うタイプだった。私が警視庁担当になった半年後に大阪本社に異動になった。そして、三年前に大阪本社の泊まり勤務時に、くも膜下出血で帰らぬ人となった。

「では、吉瀬の犯行動機は、判事と不倫関係にあった妹の自殺か」

「各社あれこれ邪推していますが、結局は吉瀬が捕まらないと動機は分からないということになったみたいですよ」

いや、そんなにあっさりと記者が諦めるものではない。

「妹の写真はあるのかな」

「ありますよ。解像度悪いですが。それもメールします」

「この件、警察《サツ》は勘づいているのか」

「まだだと思います。記事がアップされたのが一時間ほど前ですから。それに、平時ならまだしも、震災の大騒動でそんな余裕ないと思います」

警視庁も大勢の支援部隊を東北に派遣しているため都内は人手不足だという。日々発生する事件事故の対応で確かに大変だろう。

それに事件そのものも、この数年、週刊誌ネタにすらなっていない。未解決の凶悪事件は多いが、捜査が継続されているものは意外と少ない。警視庁も手一杯なのだ。それに警官が殺されたのならまだしも、警官が犯人では捜査だって及び腰になる。

警察はもちろん他社の動きも含めて気を配り、互いに連絡を密に取ることにして電話を切った。

吉瀬健剛が心赦だとしたら、その変貌の理由と経緯を知ることこそ意味がある。判事夫妻を縛り上げ、十数カ所も刺した上で放火し、逃亡した男が、自殺志願者を救い、大勢の〝恩人〟となった――。一体、心赦とは何者だったのか。

早速、インターネットで、心赦和尚の情報を漁《あさ》った。

酔いも眠気も吹き飛んでいた。

2

「車の運転はできるな」

朝食時に松本に訊ねると、できると返してきた。

「じゃあ、ジムニーで女川町の取材に行ってくれ」

「何を取材すればいいんでしょうか」

おまえはバカかという言葉を、乾パンと一緒に呑み込んだ。

「ウチが女川の被災を伝えるのはこれが初めてになる。そこで必要なのは初見の印象、被災状況、死者の数、現状などなどだ」

松本は頷きもせずに、こちらが話すのをただ聞くだけだ。

「おまえ、メモを取る習慣はないのか」

「覚えてますから」

「じゃあ、昨日の原稿の指示は全部、覚えていたのに無視したのか」

「それは心外です。大嶽さんに言われたことは全てやりました」

「心赦和尚の記事は、基本情報が穴だらけだった」

松本が不服そうに顔を歪めている。

「なんだ、反論しないのか」

「書いている途中で抜け落ちてしまって」

「なのにメモしないのか」

松本は渋々頷いて、メモ帳を開いた。

心の底でこの理不尽さを呪った。なぜ、こんな無駄なやりとりをしなければならない。そもそも松本を記者として鍛えようと思うから厄介事ばかり生じるのだ。こんなお嬢様は本社に置いといて、ママゴトのような記事を書かせればいい。

「最低でも一〇〇枚以上写真を撮ってこい。遺体や悲しみに暮れる人の姿もちゃんと押さえてこい。できるな」

できないと、顔が言っている。だが、とりあえずメモにはそう書き込んでいる。

「そういえば、心赦和尚の写真はどうした？」

「あります」

「なぜ、出さない」

「新聞に死に顔を載せるなんてあまりにも無神経です」

「それは俺やおまえが決めることじゃない」

カメラのコンパクト《C》フラッシュ《F》を二枚渡した。

「おまえのＣＦをここに出せ」

「そんな権利は」

「カメラをプライベートで使ってはいないんだろ。なら、渡せ」

嫌みのように大げさなため息をついてから、松本はカメラからＣＦを抜いた。

「東京から心赦和尚についての背景をもう少し知りたいと言われたんだ。おまえのパソコンに入っている心赦のデータも、このフラッシュメモリにコピーしろ」

「そんな原稿なら、私が書きます」

予想通りのリアクションだ。

「原稿にするかどうかは決まってない。背景を知りたいと東京が言っているだけだ」

「なら、私が説明します」

「おまえは心赦和尚のマネージャーか。それより記者の本分を全うしてくれ」

フラッシュメモリを受け取ると、私は立ち上がった。女川に向かうジムニーに便乗して三陸市街地まで送ってもらうつもりだった。一五分後に出発だと彼女に告げた。


車中ではどちらも一言も口を利かなかった。

お互いさまだからそれ自体は気にならないが、一年生記者としての松本の態度はやはり問題だった。自身の価値観や感性に矜持《きょうじ》を持つのは悪いことではないが、記者に最も要求される資質は柔軟性だ。取材相手は必ずしも味方ではない。敵愾心《てきがいしん》剝き出しの相手もいる。それでも話を聞かなければならない時は、相手の懐に飛び込む柔軟力が突破口になる。松本にはその力がまったくないようだ。

目上に対する礼儀もなっていない。年上から学ぶべき点は多い。意に染まなくてもそれを呑み込んで、とにかく相手を取り込む努力ができない者は、記者として続かない。我々は評論家でも哲学者でも運動家でもない。自分の目で現場を見、当事者から話を聞いて読者に伝えるために存在する。

そういう心得が彼女にはなさすぎた。

遅かれ早かれ、松本は支局勤務に耐えられなくなるだろう。そうしたら祖父にわがままを言って、早めに東京に戻してもらえばいい。それで一見華やかな閑職について楽しく過ごすか、結婚でもして社を辞めればいいのだ。

重苦しい沈黙を嫌ったのか、松本がオーディオをつけた。キーボードとベースのイントロが流れ、ハスキーな女性ボーカルの歌が響いた。

〝こみ上げてくる涙を　何回拭いたら〟

こんな光景を目にしながらBGMを流せる神経が理解できなかった。しかも、私よりもはるかに被災者に寄り添っていると主張する輩《やから》が。

〝前を向いて　しがみついて　胸掻きむしって　あきらめないで叫べ！〟

曲に合わせて歌い出した松本のシャウトが許し難く、カーステレオの電源を切った。

「何するんですか！」

答えるつもりはなかった。

この歌に罪はない。いい歌だと思うし、被災地への〝応援歌〟として良い曲だと思う。だが、BGMを流しながら瓦礫の町を走るような無神経には、我慢できない。

松本が再びステレオに手を伸ばした。

「悪いが、どうしても聴きたいなら俺が降りてからにしてくれ」

松本に睨まれたが、私は無視した。

市庁舎の前で車が停まった。

「二時間に一度は必ず連絡を入れろ」

松本は視線を逸らしたまま頷いた。本当に礼儀がなってない。そして、私が助手席のドアを閉めるなり、ジムニーを急発進させた。

巻き上げられた砂ぼこりで咳き込みながら、市庁舎前の前線本部を訪ねた。

「仙台までの無料バスが出るって、対策本部で聞いたんですが」

「あれはボランティア団体がやるんで、市としては把握してないんです」

聞けば一〇〇近いＮＰＯやＮＧＯ団体が既に三陸市に到着しており、様々なボランティア活動を始めているという。混乱はないのかと訊ねると、市職員は顔をしかめた。

「大混乱みたいですよ。ボランティアの内容に偏りがあったり、支援地区にも格差があるようで。うまく連携できてないようです」

市職員の話では、社会福祉協議会が立ち上げたボランティアセンターが窓口となって、ボランティア団体をまとめているらしい。阪神・淡路大震災での反省を教訓にして考案されたシステムだが、実際は混乱しているのだという。

「みんな善意で集まってきているんでしょうが、どうもまともに機能していないようです」

隣の自衛隊のテントに移動して、花登半島に向かう渡船は出ているかと訊ねた。

「ご用は？」

「取材ですよ、2尉」

「船着き場で訊いてもらうしかないな。あの船は、今日から少林寺が運航することになったんで」

それは好都合だ。

船着き場を目指して市街地を抜けた。

今朝も、大勢の人たちが不明者を捜しに来たり、自宅の様子を見に来たりしている。瓦礫の撤去はさほど進んでいない。〝陸に上がった漁船〟があちこちに放置されている。大破した自動車も無数に転がっていて、自衛官が金属カッターなどで扉を切り取っている。おそらくは中に遺体があるのだろう。

また、明らかに初日から増えているのが赤い小旗の付いた細い棒だ。ここに遺体が埋まっているという印だった。さりげなく立っているが、よくよく見ればあたり一面、無数に立っている。

船着き場に着くと、背中に〈少林寺〉という白抜き文字の入ったダウンコートを着た若い男が立っていた。

「ご苦労さまです。毎朝新聞です。半島に渡れますか」

男は挨拶がわりに合掌して頭を下げた。

「ようこそお参り下さいました。あの列の後ろにお並び下さい」

男が手で示した場所には、長い行列ができている。ゆうに五〇人はいる。

「あれは？」

「皆、当寺にお参りの方でございます」

「心赦さんを悼みにいらっしゃったってことですか」

「それだけではありませんが」

乗船を待つ人々を撮影してから、最後尾に並んだ。

「おはようございます。きれいな花ですね」

前に並ぶ老婦人に話しかけると、婦人は明るく挨拶を返してきた。花びらが幾重にも重なった薔薇《ばら》のような花をたくさん抱えている。

「乙女椿《おとめつばき》といって、ウチの庭にこの季節になると、たくさん咲くんですよ」

「じゃあ、おばさんのところは津波を免れたんだ」

「ギリギリね。うちは上有知《かみおち》ってところなんだけど、津波の被害が少なかったんですよ」

「それはよかったですね」

「まあねえ。でも、港のそばで鯖《さば》とかサンマの缶詰工場をやってたんだけど、そっちは全滅だよ。従業員や二人の息子らは助かったけど、仕事がなくなってしまって」

命あっての物種と言ってるだけでは済まないのだ。確かに生き残ったのは幸運だが、これからの暮らしを考えると、生活の糧である工場を失ったのは大打撃だ。

「それはお気の毒です。私、毎朝新聞の者ですがお話を聞かせて下さい」

「私らは、まだましな方だけどね。家も家族も失った方々に比べれば、ね。工場はまた建てたらいいんだし」

婦人があっけらかんと笑った。

「生き残っただけめっけもんだからねえ」

隣にいた同年代の女性が言葉を足した。

「逞《たくま》しいなあ。僕なんて東京から来て、津波の凄さに圧倒されちゃって」

「そら、あんたのようなエリートのお兄ちゃんとは、鍛え方が違うから」

婦人は大きく分厚い手で私の背中を叩いた。絶望の淵にあっても人は笑う。それが、日常を取り戻す一歩に繋がっていく。

「でも本当に怖かったよ。黒い水が全部さらっていった」

「こっちに来るのが分かっているのに逃げられないんだよ。あっという間なんだよ。津波は怖いね」

周囲にいる人たち皆が、そうだと頷いている。

「でも、皆さんの明るい声を聞いていると、僕らも力をもらったような気分になります」

「泣いてばかりではいられないからねえ」

乗船が始まったが、すぐに満員になった。仕方なく、次の便を待つしかなかった。

「花登半島へは、どなたかのお参りですか」

「心赦和尚さん。本当に、いい人を亡くしてしまった」

急に皆がしんみりとする。

「皆さんもですか」

大半が頷いたが、「私は、娘がホタテの養殖場で働いていて津波に遭ってしまって」と寂しげに返した男性がいた。その様子から察するに、男性は着の身着のままで逃げたらしい。椿を束ねて抱えていた婦人が、幾枝かを分けて男性に差し出した。

「仏さんに」

男性は拝むように受け取った。

「おばさんは、ずっと三陸市ですか」

木澤《きざわ》たねと名乗った女性に訊ねた。

「うん。私の両親もここの生まれだよ。昔は海老江町といったんだけどね」

「じゃあ、心戒和尚さんの頃からご存じなんですね」

「あんた、心戒和尚さんを知ってるの？」

「ちょっと少林寺に興味があって調べたんです」

なるほどと頷いてから婦人は答えた。

「あの人はできた人だったよ。身寄りのない子を預かる慈心院も自殺一一〇番も、みんな心戒さんが始めたんだ」

細川が調べたところでは心戒和尚は神風特攻隊の生き残りで、戦後、命の捨て場を求めて放浪を続けたそうだ。やがて花登半島に辿り着いた。

「とにかく底抜けに明るい人でねえ。誰とでも友達になれる人だったねえ。私も数年前まではお寺のお手伝いによく通ったもんだ。その頃から、飲んべえの夫やバカ息子二人もいろいろお世話になりました」

「お手伝いをされていたのは、どれぐらいですか」

「結構長くやっていたよ。心戒さんがお亡くなりになって、心赦さんの代になっても続けていたからね」

取材をしていると時々信じられない幸運が巡ってくる。無論、その数倍、不運に見舞われるものだが、今日はついていた。

「じゃあ、心赦さんの若い頃をご存じなんですね」

「若い頃って言っても、あの人が来られたのは一〇年ほど前だからねえ」

〝判事殺し〟は一三年前だ。

「心戒さんのご子息じゃないんですよね」

「養子さんですよ。確か、寺の前に倒れていたのを、心戒さんの奥様が見つけてね。熱心に看病されたので、ひどい肺炎になっていたのに助かったんですよ」

話すにつれて、たねの記憶が鮮明になり、心赦和尚が少林寺に現れた時期を思い出してくれた。

平成一二年の真冬――つまり、二〇〇〇年の初めだ。

「とにかく無口な人でね。しかも、布袋《ほてい》さんみたいな優しい雰囲気の心戒和尚と違って、心赦さんは怖い顔だったわ。最初、私たちは仁王さんって呼んでたもんね」

「僕は、一昨日ご遺体を拝見したんですけど、優しそうなお顔でしたよ」

「そうなのよ。寺での暮らしが半年ほど経った頃から、すっかり変わられて。あれは、心戒さんと奥様のおかげよ。そしたら、なかなかのいい男になっちゃって。笑うと、これがかわいいのよ」

「心赦さんは、地元の方なんですか」

「違うね。訛《なま》りがないから東京かなと思ってたんだけど、長野県だって言ってたな」

吉瀬健剛は、墨田区両国の生まれだった。

「まあさ、あの寺に身を寄せる人は皆いろいろ訳ありの人が多いから、過去は問わないのが取り決めなの。だから、心赦さんについてもよくは知らない」

「でも、確か空手かなんかの達人なんだよね」

話を聞いていた別の女性が言い添えた。

「少林寺拳法って聞いたわよ。中国のやつ」

少林寺は中国の寺だが、少林寺拳法は日本が発祥地だ。中国武道の一つである少林拳にも影響を受けているようだが、純粋な日本の武道だった。それを彼女らに説いたところで意味がない。

「記者さん、どうしてそんなに心赦さんに興味あるの？」

他意はなさそうだが、これ以上あれこれ訊くと警戒されるかもしれない。そこで松本が助けられた件を話した。

「それで、ウチの社としては、感謝を込めて心赦さんの追悼記事を書くべきだと考えたわけです」

ウソも方便だ。

「いかにも心赦さんらしいわねえ。ほんとあの人は、心が優しいだけじゃなくて、勇気のある人だったものねえ」

たねさんが涙ぐんでしまった。

「心赦さんの写真とかお持ちじゃないですか」

「和尚さんは写真嫌いだったからねえ。ご遺影すら用意するの大変みたいよ」

記事にするにはどうしても写真が必要なのだと粘ってみた。

「だったら副住職か慈心院の事務局長に訊ねてみたらいいんじゃない？」

永井とは面識があるが、副住職には会ったことがない。今日は挨拶しておこう。

乗船の順番が回ってきたので、もっと訊きたいことはあったが諦めた。たねさんが足下に置いてあった大きな風呂敷包みを代わりに持った。ずっしりと重い。寺の人たちへの差し入れだという。

3

遺体が安置されている瞑想堂まで来たものの、あまりの人の多さに戸惑った。

二日前に松本と訪ねた時とは、様相が変わっている。テントが幾張りも並び、炊き出しの種類も増えている。

テレビ局が二クルー、新聞記者も数人いる。

「おや、毎朝さん」

声をかけてきたのは、暁光新聞の小島だった。

「どうも。この人の多さはなんですか」

「心赦さんにはシンパが大勢いたんだが、そこにあんたんとこのお嬢ちゃんが書いた記事でさらに火がついたんだよ」

「ウチの記事の影響ってのは、どうですかねえ。このあたりじゃ読めないですよ」

心教の記事が出たのは今朝の朝刊だ。三陸市では新聞配達など止まったままだし、インターネットもほとんどは繋がらないはずだ。現にたねさんたちも知らなかった。

「ラジオで流れたんだよ」

小島の話では、ラジオで今朝の朝刊の一部が紹介されて、心教の記事が話題になったのだという。総合体育館や競技場に避難していた人たちがそれを聞いて押し寄せたらしい。

あまり嬉しくない事態が起きるかもしれない。昨夜、宮村が気づいたように、心教和尚が握りしめていた位牌の名前で、他社の記者や警察関係者が事件を思い出して動き出されると困るのだ。

発災から五日が経過して、震災報道は出尽くした感がある。悲惨な話も、生きる希望に溢れた感動的な話もそろそろ食傷気味になっている。

今、一番ホットなニュースは未だ収拾のめどが立たない原発の状況だが、報道する内容は不確定な情報ばかりだ。

そんな時期だけに、判事夫妻を惨殺した凶悪犯が遺体となって被災地で発見されただけでなく、地元で敬愛される存在になっていたというスクープは、喉から手が出るほど欲しい爆弾だ。

女川町取材を松本に任せるべきか、相当に悩んだし、ここは事件を追う現場ではないという自覚もある。

しかし、心教という人物に興味を覚えていた矢先に、とんでもない素性を知って事件記者としての血が騒いだ。もちろん、何度も「優先順位はどっちだ」と自問はしたが、最後はスクープの魔力に抗《あらが》えなかった。「このネタを誰にも渡したくない」という記者としての業が疼いたのだ。

もし、私がこの事実を黙殺したところで、いずれ他社が知って書く。その時は、十中八九「篤志家の仮面を被った殺人鬼」というような記事になるだろう。

ならば、誰かが知る前に、徹底的に生前の心赦という人物を取材し彼を理解した者がスクープを書くべきなのだ。それは私しかいない——。

「お嬢ちゃんの姿が見えないようだが」

小島の声で我に返った。小島がどれほどの記者かは知らないが、彼が所属する暁光新聞社は、一番警戒すべきライバル紙だった。暁光には、調査報道に長けた優秀な記者が何人もいる。

「今日は女川に行かせています」

「女川には心赦和尚の恋人がいるらしいからな……。さすが、毎朝さんは動きが早いなあ」

思わず小島の顔をまじまじと見てしまった。

「心赦和尚には、そんな相手がいたんですか」

「おいおい惚《とぼ》けなさんな。地元じゃ有名なんだから」

知らないと言わない方がいいと判断して、それ以上は訊かなかった。

「それにしても、あの位牌の謎はどう読む？」

「それが分かっていたら、とっくに書いてますよ」

「とかいって、明日の朝刊で、実は、なんてスクープを飛ばすんじゃないの」

小島は無精髭を撫でながら私の表情をうかがっている。地方でのんびり過ごして退職したいロートルだとは思うが、昔は敏腕だったかもしれない。だとすれば、一旦スイッチが入ると手がつけられなくなる可能性だってある。

おまけに暁光新聞には、東條という怪物記者もいる。過去には現職総理の不正を暴き、東京地検特捜部を動かしたこともある東條が、吉瀬健剛かも知れない男の存在なんて知ったら、電光石火で動き始めるだろう。

適当に話を合わせながら、人混みに流される体を装って小島から離れた。

心赦の遺体がまだ荼毘《だび》に付されないまま安置されている瞑想堂に入ると、線香の匂いが強くなった。火葬場が震災で破壊され、復旧の目処が立たないため、葬儀すらままならないのだ。だが、二日前には心赦と並んでいた他の遺体は消えていた。

永井を捜したが見つからなかったので、少林寺の法被《はっぴ》を着た若者に近づいた。

「このお堂に安置されていた他のご遺体はどうしたんです？」

「ようこそお参り下さいました。別の場所に移しました。大勢の方が心赦和尚様にお別れに来られますので、ご遺族が落ち着きませんから」

永井に会いたいと居どころを訊ねると、慈心院の方にいると教えてくれた。

慈心院に行こうとお堂を出たら、複数の記者に囲まれた。

「毎朝の方ですよね」

答えなかった。だが相手は質問をやめようとしない。

「心赦和尚に命を救われた松本記者にお話を伺いたいのですが、どちらにいらっしゃいますか」

私が記者に取り囲まれているのを、小島が薄ら笑いを浮かべて見ていた。

「えっと、ちょっと私には分かりかねます。仙台支局に訊いてもらえますか」

「昨日はこちらにいらしたと聞いたんですが」

「そうですか。私は東京本社から来ているんで、支局員の動きは把握していないんですよ」

幸運にも懐の電話が鳴った。「失礼」と断って記者たちから離れて電話に出た。

「お疲れさまです、宮村です。今、話して大丈夫ですか」

「ああ和、相変わらずグッドタイミングの電話をありがとう。助かった」

「昨日戴いた心赦和尚の顔写真と手配写真を知り合いの画像解析の専門家に見てもらいました。その結果、心赦和尚と吉瀬は同一人物である可能性が高いらしいです」

「そうか」

「どうしますか」

他の記者に聞かれないよう、ひとけのないテントの裏に回った。

「こちらは、あまり取材が捗《はかど》ってないんだ。心赦は二〇〇〇年の初めにここに流れ着いたらしい。激しく衰弱していて死にかけていたという。それを先代の住職夫妻に手厚く看病されて回復し、そのまま寺に住み着いた。その時期にお手伝いで入っていた女性と偶然知り合ったので話を聞いているんだが、ここに来るまでの過去はほとんど分からないようだ」

「それじゃ心赦＝吉瀬説がますます有力になりますが、いかんせん決め手に欠けますね。夕刊対応が終わったら、判事殺しを捜査した刑事に話を聞きに行ってみます。あと、吉瀬涼子の高校時代の友人というのも見つけました」

「さすが和、頼りになるよ。それと、心赦には女川町に女がいたそうだ。女の素性を割るように頑張ってみるよ」

「了解です。で、一応念押しですが、まだ上にあげるつもりはないんですよね」

平井なり社会部デスクの誰かに、心教ネタを申告するつもりはない。告げたが最後、明日にでも原稿にしろとせっつかれるに決まってる。見る限り、心教の人望は想像以上だ。その仁徳者をこの程度の裏付けでいきなり凶悪犯と決めつけるのはさすがに憚られた。

「もう少しの間、和と俺の秘め事にしておいてくれ」

「秘め事ですか、艶っぽいですねえ」

「他社の動きはどうだ？」

「今のところは大丈夫そうです」

小島の存在は気になるが、東京が静かならば、まだ余裕があると思いたい。

その時、大音量の音楽が流れた。聞き覚えのあるイントロの後、歌声が境内に響き渡った。

〝そうだ　うれしいんだ
生きる　よろこび
たとえ　胸の傷がいたんでも〟

息子が大好きなアニメの主題歌だった。

「なんですか、これからアンパンマンショーでも始まるんですか」

和がすかさず突っ込みを入れてきた。

「見に行ってくる。とりあえず、和、諸々《もろもろ》よろしく」

瞑想堂前の広場で、参列者の多くが声を揃えて歌っていた。

〝今を生きる　ことで

熱い　こころ　燃える
だから　君はいくんだ
ほほえんで〟

「何事ですか」

大合唱の様子を撮影していた小島に訊ねた。

「あちこちの避難所で大人気なんだそうだ。この歌を聴くと勇気が湧いてくるってね」

確かに拳を振りながら歌う人たちの表情は生き生きとしている。

歌の力の凄さか……。

一瞬、ドリカムを口ずさんでいた松本の顔が浮かんだ。

「ウチの息子もこのアニメ好きなんですけど、歌詞がちょっと違ったような」

「テレビの主題歌は二番なの。今、歌ってるのが一番の歌詞よ」

そばにいたおばさんが教えてくれた。

そういえば阪神・淡路大震災の時には、サイモンとガーファンクルの「明日に架ける橋」や、ユーミンの「春よ、来い」、ベン・E・キングの「スタンド・バイ・ミー」などがよく流れていた。

4

少林寺が運営する養護施設の慈心院は、瞑想堂の東側に位置している。境内から松林を抜けてすぐの平地に建っており、瞑想堂と同様に津波被害に遭っていない。岬からは太平洋が見え、開放的な雰囲気があった。

玄関前にはテントが並び、救援物資らしい段ボール箱が積み上げられていた。その間を抜けて玄関を入る。どうやら避難所として開放されているようだ。一部屋は約八畳ほどの広さだが、そこに一〇人ほどが座り込んでいる。どの部屋も人が集まり、さらに廊下などの共有スペースにも所狭しと人がいる。その間を手伝いの若者たちが行き来していた。

「松本さんは、お元気ですか」

慈心院の事務局長室で永井を捕まえると、開口一番に訊いてきた。

「何とかやってます。精神的なダメージが消えたわけじゃないと思いますが」

勧められてソファに座ると、永井は熱い日本茶を出してくれた。

「それでも、ちゃんと記事は書くんですな。彼女の署名記事のおかげで、我々は朝からてんやわんやですよ」

永井はあまり快く思っていないらしい。

「あれは、私が無理やり書かせたんです」

「あなたが、ですか。惨《むご》いことをするもんですな」

「記事のせいでご迷惑をおかけしたのであれば謝ります」

素直に頭を下げた。事実を伝えれば、関係者に大なり小なり影響が及ぶのは避けられない。よかれと思って書いても、迷惑をかけることもある。それでも書くのが仕事だ。

「記事を書くなという権利は私たちにはありませんからね。それに、和尚の死が新聞記事として残されたのも意味があるでしょうし。ただ、もう少し書きようがあったろうに」

「でも、大勢の方が心赦さんの死を悼まれているのは感動的ですよ」

「和尚の人徳でしょう。とはいえ、被災した直後の大変な時期にわざわざお運びいただくのは、気の毒で」

永井は渋い顔で茶碗を手にした。

「そんな心配はご無用では？　地震や津波の被害で途方に暮れた人たちが、他人の死を悼むようになったのは、いいことだと思います」

「で、私に話というのは？」

永井も忙しい。単刀直入に訊こう。

「心赦さんが握りしめていた位牌について教えていただきたいんですが」

「ああ、あれね。まったく心当たりがないよ」

「東京で焼身自殺した女性と同じ名前なんです。しかも年齢まで」

永井の顔つきが変わった。

「だとしたら、どうだと言うんです。記事にしますか」

「分かりません。ただ、不可解な点があれば、調べるのが私たちの仕事なので」

「人の不幸が飯のタネってことかな」

永井は吐き捨てるように言い、ソファに体を預けてこちらを睨みつけている。

「不可解な点が、不幸に繋がるかどうかは分かりません」

「だが、不幸だと分かった方が、ニュースバリューが上がるんだろ」

否定はしないが、肯定もできない。それより永井の反応が気になった。もしかして心赦の正体を知っているのだろうか。

「あの位牌が自殺した女性のものなら、心赦和尚が思いとどまらせようとして果たせなかった方かもしれんね」

思いがけない仮説が飛び出してきた。だがあり得ない話ではない。不覚だった。

「確かにそういう可能性も考えられます。ならば、なおのこと事情を知りたいですね」

「既に、あんたはいろいろ知っているのに、かね」

私は黙り込んだ。

「記者の割に、お惚けが下手だね」

「根は正直ですから」

声を上げて笑われた。

「で、何を知っているんだ？」

永井に協力してもらうためには、正直に話すしかなさそうだ。

「心赦和尚は、かつて東京で裁判官夫妻を殺害し、逃亡した犯人の可能性が高いです」

永井の小さな目がぴくりとも動かず、まっすぐ私を見据えていた。驚いている気配がまったくない。

「もしかして、ご存じだったんですか」

「いや、知らんよ。けど、ここに流れてくる人はいろんな過去を抱えているんでね」

生前、多くの人に慕われ敬われた人物を、私は凶悪犯だと言ったのだ。にもかかわらず、側近の人物がこんなに平然と聞いているのは心赦の正体を知っていたとしか思えない。

「心赦さんが大きな過去を抱えているのは察してらっしゃったんですね」

「つまらないカマかけなんておやめなさい。長年、世間から弾き飛ばされた若者を大勢見てきましたから、和尚にとてつもない過去があるぐらいは分かりますよ。ただし、それが何なのかは、まったく知りません。知りたいとも思わない」

永井を甘く見ていた。彼は堂々としていて一向に動じていない。

「なぜです。不屈の精神力と徹底した無私を貫いたという人物に興味を持ったら、彼の全てを知りたくなるのでは？」

「大嶽さん、あんたいくつだ」

「三八歳です」

「過去を知らないと、人となりが分からないようじゃ、まだまだ青いな」

かもしれない。

「因果応報という言葉もあるが、私のような年寄りからすると、大切なのは現在の行動だよ。心赦さんは、今を必死で生きた。自殺志願者に死ぬなと説くだけではなく、生きる喜びを伝えたんだ。それで充分だろう」

なるほど、奉仕の精神に生きる人たちの考え方は素晴らしい。だが、記者が博愛主義者になったら、それは仕事を辞める時だ。

「記者という人種は煩悩と業から抜けられないのだと思います。なぜ、凶悪犯があれほどまでに尊敬を集められるようになったのか。それを知りたいし伝えたい」

暫く永井は私を見つめていた。怒りや拒絶はない。それどころか私に興味を抱いているように見える。

「生き方の違いなのかな」

縮れた髪と太い眉の印象が強すぎて気づかなかったが、永井の小さな目は澄んでいた。

「かもしれません。だから、教えて下さい。心赦和尚がかつて東京で判事夫妻を殺して逃げた凶悪犯だと、永井さんはご存じでしたよね」

永井は唇を固く結んだままだ。

「心赦さんと親しい方が女川町にいらしゃるそうですね」

「亡くなったよ」

「何という方か教えてもらえませんか」

「それはできない。あんたが大スクープに興奮するのは勝手だが、ウチの関係者にさっきのような根拠のない話をぶつけるのはやめてもらおう」

「貴重なお時間を戴きありがとうございました」

私は一礼すると事務局長室を出た。


松本と別れてから二時間以上経つが音沙汰がない。彼女の衛星携帯電話を鳴らすと、二〇回以上コールしてようやく応答があった。

「二時間おきに電話を入れろと言ったろ」

沈黙された。

「聞いているのか」

「すみません。あの、すみません……」

狼狽《ろうばい》している。

「女川には着いたのか」

「はい」

「それで？」

「呆然としています。信じられないような破壊で、何を取材すればいいのか、途方に暮れていて」

そんな恥ずかしいことを、あっさり言うな。

「どこにいる？」

「避難所になっている病院にいます」

病院は確か高台にあって町が見下ろせたはずだ。インターネットに画像がアップされていた。

「そこから町の写真を撮ったのか」

沈黙ということは、ＮＯという意味だろう。

「町全体の様子が分かるように撮れ。それから避難している人に、話を聞きまくれ。分かっていると思うが、原稿にするしないは別にして、全員の名前と生年月日、住所を訊くのを忘れるな」

一向に返事がないので念押しをすると、松本は渋々了解と返してきた。

「それと、女川町に心救和尚が親しくしていた女性が住んでいたそうだ。いたら、心救さんの想い出を聞いてこい」

「その方の名前、分かりますか」

別人のように松本の声に張りが戻った。

永井に釘を刺されたが、少林寺関係者への取材をやめるつもりはない。やめるのは、真実に辿り着いたと確信した時だ。

一生懸命生きることを供養に

濁流がみるみる迫ってくる。それを見つめているうちに金縛りに遭ったように動けなくなった。

「さあ、頑張って上るんだ！」

背中を押された直後に波を被った。冷たく重い水だった。そこからの記憶は定かではないが、誰かの手で体を持ち上げられた気がする――。

三月一一日、記者は宮城県三陸市花登の少林寺で、住職の心赦（本名・中橋良一）和尚を取材していた。発災直後、慌てて飛び出すと、樹齢二〇〇年以上の樹木が大きく揺れるのが見えた。いつまでたっても揺れが収まらない。やがて建物がきしみ目の前の本堂が崩れ落ちた。

心赦和尚は終始落ち着いており、慌てふためく記者を落ち着かせ、展望台に逃げろと叫んだ。ところが、道に迷い展望台に続く階段を探している間に、津波が間近に迫っていた。

はうようにして階段を上り切って後ろを振り向いた時、心赦和尚の姿は消えていた。

三日後、少林寺の霊木として知られるクスノキの枝の間に挟まれ右手に位牌を握りしめた状態で、亡くなっているのが発見された。

あの時、自分がまごつかなければ……。

一瞬の迷いやつまずきが生死を分ける。そこにあるのは、運だけだ。

心赦和尚は、自殺志願者を説得するボランティア活動を長年続け、全国的にも知られていた。

その心赦和尚が常に訴え続けてきたのは、一生懸命生きれば明日に希望の灯がともるという信念だった。それは、彼によって生存者《サバイバー》となった人々に語り継がれるだろう。

そして、その信念こそ、絶望のふちで嘆く多くの被災者を励ますのだ。


【三月一六日毎朝新聞朝刊・宮城県三陸市・仙台支局・松本真希子】

〈写真は、心赦和尚が強く握りしめていた位牌＝撮影・大嶽圭介〉

1

心救の自宅を一目見ておきたかった。私は〈立入禁止〉と書かれたバリケードテープを無視して、少林寺境内にある居住地区に立ち入った。動物の腐臭とヘドロの臭いが入り交じった強烈な臭いが漂っている。

心救の自宅もひしゃげたように倒壊していた。暫く迷ったが、腹を決めて踏み出した。死亡時に持っていた位牌の他にも心救が吉瀬健剛である証拠を入手したかった。

以前、七年間も逃亡した殺人犯の軌跡を辿ったことがあるが、逃亡は徹底していたにもかかわらず逮捕時に、自らの身元を裏付けるものを持っていたのを思い出したのだ。

一つは、家族の写真で、「何度も棄てようと思ったが、できなかった」と涙ながらに取調官に言ったという。もう一つは、犯行時に三歳だった娘が、父の日にプレゼントしてくれた手作りのキーホルダーだった。カネのために幼児を含めた四人を殺した凶悪犯だったが、その二つの品は手放せなかったらしい。

刑務所で接見した時には、「あれは、俺が人間だったという最後の証《あかし》みたいなもんなんですよ」と言っていた。

あれだけ位牌を大切にしていた心救なら、妹の写真を持っていたのではないか。誰にも見られたくない大切なものは、ずっと身につけておくものだ。

衛星携帯電話を取り出すと、宮村を呼び出した。

「吉瀬健剛には妻子はいなかったんだろうか。あるいは恋人は？」

「どうでしょうか。データベースでは見つけられませんでした。でも、事件を起こしたのは三四歳の時ですから家族がいてもおかしくないですね。調べます」

永井とのやりとりについても伝えた。

「その感じだと、やはり心敎和尚が吉瀬の可能性が高いですね。うーん」

最後の宮村の困惑が気になった。

「なんだ、まずいことが起きているのか」

「さっき、クラブで暁光の東條さんを見かけました。嫌な予感がしたので廊下で捕まえて、ご挨拶したら、『松本って新人記者は神宮はんの孫で、威勢がいいだけの、記者としてはトロッコ以下と聞いてたんやが。……ほんまは誰が書いたんや？』って」

トロッコとは、汽車すなわち記者になれない未熟者を指す。それはともかく、まずい展開だ。

「まさか、俺がここにいることを言ったわけじゃ」

「言うわけありませんよ。でも、知ってました。私が何の話ですかって返したら、あのオヤジ、『ほな、嶽ちゃんによろしくな』って」

「くそっ！」

足下の泥を思いっきり蹴ったら、瓦礫まで崩れた。

「何の音です？　大丈夫ですか」

「瓦礫が崩れた」

「気をつけて下さいよ。いずれにしても、あのオヤジは気づいていますよ、位牌の意味を」

電話を持つ手に力が籠もった。

「嶽さん、上にあげるべきじゃないですか」

「ダメだ。もう少し二人でやろう」

「でも、私一人では限界がありますよ。暁光が本気でやり始めたら、あっという間に追い抜かれます」

そんなことは言われなくても分かっている。だが、平井に相談したら最後、すぐに一報をあげてこいと言われる。まだ何の確証もないのに、平井の〝飛ばし〟に振り回されるのはゴメンだった。

「暁光新聞三陸通信局に小島という記者がいる。一見、暢気そうなロートルだが、独特の雰囲気があって、もしかするとやり手かもしれない。しかも地元の情報と人脈に長けている」

「ちょっと調べてみます。すみません、なんかシンクが始まるみたいなので一旦切りますが、一つだけお願いがあります」

「なんだ」

「上にあげないのであれば、誰かもう一人巻き込みませんか」

「適任者がいるのか」

「遠藤君はどうですか」

協力者を一人増やすのは賛成だが、それが被災地取材に耐えられなくて逃げ出した記者となると話は別だ。

「彼は優秀だし、何より嶽さんを慕っています。それに……」

宮村が急に口をつぐんだ。

「それに、なんだ」

「彼についてはどの程度ご存じなんですか」

「被災地取材の二日目からホテルに籠もったきり取材ができなくなり、東京に強制送還された」

宮村は暫く沈黙している。電話の向こうは人の声が入り乱れて騒がしい。まもなくレクが始まるんだろう。

「昨日、お昼を一緒に食べたんです。すっかり落ち込んでいて。あのままだと記者を辞めるかもしれません」

そんな奴は辞めた方がいい。いかなる理由があろうとも、取材現場から逃げ出すような者に、記者の資格はない。

「レク、遅れるぞ」

「きっと腑抜《ふぬ》けの意気地なしだと思われてるんでしょう。でも事情があるんですよ」

「もう少し大丈夫です。遠藤君が最初に取材したのは、震災対応に追われている間に妻子を亡くした市役所の職員だったんですが、遠藤君の奥さんも病弱で、お嬢さんは遠藤君の子どもと同じ零歳だった……。地震が起きてすぐに、津波が心配だから逃げろと電話したそうです。でも、奥様が『助けて』と泣くのを宥め、お嬢さんを連れて車で逃げろと市職員は言って電話を切ったそうです」

そして妻は渋滞に巻き込まれ、娘共々津波に呑まれたのだろう。

「自分の妻子とダブらせてしまったんですよ。それで、パニックになったそうです」

遠藤は事あるごとに妻子を気にかけていた。それだけに辛い取材だったろう。だが、だからどうだというのだ。

「遠藤君、ずっと自分を責めています。帰京してから酒浸りみたいです」

「それで、心優しき和さまは、彼に立ち直るチャンスをお与えになりたいわけだな」

酷い言い方なのは分かっている。

受話器の向こうで、大きく息を吐くのが聞こえた。

「そうです……。遠藤君にチャンスを上げて下さい」

勝手に潰れればいい。

「遠藤君は優秀な記者です。しかも、信頼を回復したいと思っている。それを利用しない手はないですよ。ここは割り切って、彼を使って下さい」

酒浸りの男に何ができる。だが人手は欲しい。

「和の好きにしろ」

「ありがとうございます！　じゃあ、嶽さんの方から電話一本、入れて下さい。そうでないと遠藤君も動きづらいと思うので」

見事に和に嵌《は》められてしまった。

だが自分だって遠藤を笑えない、細川を迂闊《うかつ》だと言えない。そして、松本をバカにできない……。そんなことはないと否定したいとも思うが、所詮は五十歩百歩だ。

私は海が見える岬の公園の端まで歩くと、遠藤に電話を入れた。

2

二〇回鳴らしたが出なかった。一旦電話を切って、目についた大きな庭石に座り込んだ。ため息が漏れるほど足が疲れている。足をストレッチしながら、再び電話を鳴らしたら、ようやく遠藤の鈍く低い声が応答した。

「大嶽だ」

「あっ」

こちらが情けなくなるほど狼狽している。

「あっ、じゃないだろ、どこにいる」

「自宅です」

「嫁さんと子どもは？」

「妻の姉が広島に住んでいるので、そちらに」

「おまえも行ったらどうだ」

沈黙――。

瓦礫の山の頂上にカラスがいる。何かが気を引くのか、一点を見つめて小首を傾げている。

「俺には、仕事がありますから」

不意に遠藤が声を発した。

「そうか。なのに自宅にいるのか」

「待機を命ぜられたんです」

「仕事をやる気はあるのか」

「あります。何なら、いますぐもう一度そちらに行かせて欲しいと思っています」

声は切実だった。

「一つ頼みたいことがある」

「ぜひ、やらせて下さい！」

前のめりの声で耳が痛かった。

「実は、三陸市で発見された遺体が、人を二人殺して逃げている凶悪犯だったかもしれないんだ」

簡単に概要を説明した。

「もう少し確証を摑むまで、上には相談したくない。ところが、松本の記事を読んで、〝暁光の妖怪〟が動き始めた。そこで助っ人が必要なんだ」

「やります！　何でもやります！」

「いいか、これが終わるまで一滴も酒を飲むな。約束できるか」

「はい！」

「和に連絡しろ。彼女が具体的な指示をくれる。期待してるぞ」

遠藤はくどくどと礼を並べていたが、聞き流して電話を切った。

瞑想堂のある広場に戻ると、うまそうな炊き出しの匂いに刺激されて、急に空腹を覚えた。既に午後二時半を回っている。三時間以上、少林寺境内を歩いていたことになる。

「どこに行ってたの？」

「あっ、たねさん」

「ちょっと、少林寺全体の被災状況を見てきました」

「そりゃご苦労さん。おなかすいたろ」

彼女はおにぎりを二つ差し出してくれた。

「こんな貴重なもの、戴けません。被災して大変な方に差し上げてください」

「ここにいる人は、みんなおなかいっぱいになってるよ。これだけ炊き出しをしているんだから」

確かに、既に炊き出しの鍋の前には誰もいない。ありがたくおにぎりを口にした。

「うまい！　電気もガスも止まっているのに、どうやってご飯を炊いたんです」

たねさんが呆れ顔になった。

「そんなもんなくても、ご飯は炊けるでしょ。燃えるものがあれば米を炊けばいいのさ」

ご飯を炊くのに電気やガスがいるというのは、都会の人間の発想だった。

「あんたの奥さんは幸せもんだねえ」

いきなり話が変わって噎せ返った。

「何を急に……。びっくりしました」

「びっくりする話じゃないでしょう。そんなにおいしそうに物を食べる人はね、奥さんに愛されるんだ」

そういえば、岡山で結婚した最初の妻に、似たようなことを言われた。妻は「圭介さんは、ご飯の作り甲斐がある」と言って、私が食事するのをよく見つめていた。

「そんなにおいしそうに食べてましたか」

「うん。そういう顔はね、誰にでもできるもんじゃないんだ。だから、あんたはいい夫だよ」

今の妻に聞かせてやりたかった。だが、藍子と向かい合って食事をするのは、月に数回しかなかった。しかも、大抵は彼女と視線を合わさないようにしていた。目が合えば、文句が飛んでくるからだ。

「心赦さんも、そういう人だった。ものすごく無口だったけれど、おいしいものを食べると、本当に嬉しそうに喜んでらした」

吉瀬健剛はどうだったんだろう。

「これもお食べ」

今度は、分厚いたくわんが出てきて遠慮なく戴いた。

「その心赦和尚様ですけど、ご兄弟やご家族の話って聞いたことありますか」

「ご家族ねえ……。どうだったかな」

「ほら、あの握りしめていた位牌、もしかして妹さんとかじゃないかと」

「ああ、思い出した。そういえば妹さんがいらっしゃるんだ。妹さんと二人で写っている写真も見たことあるよ。一度きりだけどね」

息を呑んでしまった。ラッキーすぎる。ただ、残念ながら、吉瀬涼子の写真がまだ手元にないから確認のしようがない。

「べっぴんさんでね。妹さんの話になったら、珍しく和尚もよくしゃべってらした」

「ご覧になったのはいつ頃ですか」

「五、六年前かな。先代の心戒和尚がお亡くなりになって暫くしてからだから。たまたま心赦さんが本堂にお一人で写真を見ておられて、そこに私が入っていって」

別に隠す様子はなかったという。

「心赦さんは、自殺を考えている若い人を助けたいと思うようになったのは、妹を救えなかったからなんだって言ってたな」

「どういう意味です？」

「私もそう訊ねたんだ。そうしたら、あんた、妹さんは七、八年前に焼身自殺したんだって」

そこまで正直に明かしたのか……。

「寂しそうな目をしてたね。あの時の心赦さんの顔を今でも覚えているよ。ちょうど夕陽が顔に当たって真っ赤だった」

たねは、当時を思い出しているのか遠い目になった。

「なぜ、妹さんは自殺したんでしょうか」

「自殺の原因についてはお話しにならなかった。でも、妹を救えなかったのは、自分のせいだとは何度も繰り返してたね。本当にお気の毒だった」

「その話、たねさん以外にご存じの方はいるんですか」

「古くからつきあいがある人はよく知っているんじゃないかな。永井さんや『七転び八起き』の事務局長さんなんかもご存じだと思うよ」

「七転び八起き」は前住職の心戒和尚が設立した、自殺防止の活動を目的としているNPO法人だ。

〈人生七転び八起き、つまずいたら、また立ち上がればいい。

ゆっくり、じっくり時間をかけて〉

ホームページのトップにそんな文字が躍っていたのを思い出した。

「それと心赦さんが救った自殺志願の人のうちの何人かは知ってるはず。だって、説得力あるっしょ」

確かにそうだ。

だが、一つ間違えば身元がばれるかもしれないエピソードを、心赦が気やすく他人に漏らしているのが信じられなかった。

「さて、私はそろそろ帰らないと。記者さんも体、大事にね。これ、よかったら、晩ご飯に食べて」

たねは、あらたに二個のおにぎりとたくわんの包みを差し出してくれた。深く感謝しながら好意に甘えた。

その時、電話が鳴った。松本からだ。また四時間以上も間があいていた。

「お疲れさまです。すみません、ご連絡できなくて」

「収穫は？」

「被災した方々のお話はたくさん伺いました。それに女川町の町の様子も、ちゃんと撮影しました」

「何かいい話は取れたか」

「いい話かどうか分かりませんが、津波に襲われた時の対応の違いで生き残った方と、命を落とした方がいたと知りました」

「よく取材できたな。しっかり原稿を書けよ」

「はい……。あの、大嶽さん、私たちの仕事って意味があるんでしょうか」

「意味ってなんだ？」

「死んだ人、生き残った人の話を記事にして、何か意味があるのかと考えさせられちゃって。死ねばおしまいだし、生き残った人だって大きなトラウマを抱えて生きてかなきゃいけない。それってプライベートなことだし、そもそもそんな辛い話を日本中の赤の他人が知る必要あるのかと」

すぐにでも電話を切りたくなった。聞くに堪えない鈍感ぶりだが、ここで投げたら鈍い記者を増やすだけで誰のためにもならない。

「記事として載せる載せないという線引きはあるが、目の前で起きている出来事を取材し、原稿にすることに深い意味など不要だ。それは現場の仕事ではない。デスクに任せておけばいいんだ」

「理屈では分かります。でも、記者が取材活動する時も意味が必要じゃないでしょうか」

「大きな災害が起きたことは、日本中、世界中が知っている。だが、具体的に何が起きたのか。どうやって人が亡くなり、どうやって生き残ったのかは、最前線で取材している記者が伝えなければ、誰も知る手段がない」

反論がないのは納得したのだろうと解釈して続けた。

「既に死者は一万人を超えるといわれている。だが、数字だけではその悲惨さは分からない。何が起きたのか、そのことを余さず書くんだ」

「記事を書いても死んだ人は生き返ってきません」

「それでも、その死を伝えることで悼むことはできるだろう。何より、記事は生きている人のために書くんだぞ。生きている読者は、その死をもっと身近に考えたり、生きることの意味を考えたりするかもしれない。だから具体的な記事がいるんだ」

「私もそうだと思ってたんです、今日までは。でも、ここで取材すればするほど、私は何をやってんだろと思っちゃって」

当然だ。私だって、何度も自問している。そういう時は前に進むんだ。それしか方法はないんだ。

「その答えを探すためにも原稿にしろ。とにかく今は、何のためにと考えず、取材したものは全部字にしろ。おまえのやることは判断じゃない」

「なるほど……」

妙な素直さが不気味だった。

「それで、心教さんの件はどうなった?」

「その件ですが、その女性と親しいという方を見つけました。しかし昼間は忙しくて話す時間はないと言われました。なので、今晩、こちらに泊まってもいいでしょうか」

また、勝手なことを言い出すのか、おまえは。

「どういう人だ」

「看護師です。だから、昼間は厳しいんです」

「心赦さんと親しいという女性の名前は訊いたのか」

「いえ、それも含めて夜にと言われているので」

なら、選択の余地はないか。

「おまえ、食い物は？」

「カバンに乾パンだけは入れてきました。寝る場所は車がありますから」

「明日午前中には戻ってこい。東京は、女川町の記事を欲しがっているんだ」

「分かりました。必ず戻ります」

最後にくれぐれも勝手なことをするなと釘を刺して電話を切った。

そして、漠然と描いていた計画を実行しようと決めた。

このままここで夜を明かし、心赦が今も身につけている可能性がある妹の写真を探そう。

寝袋はないが、たねがくれたおにぎりがあるから飢えの心配はない。

3

永井に見とがめられることもなく、私は瞑想堂の片隅に寝場所を確保した。深夜に、心赦和尚の守りをしているのは若い修行僧一人で、あとは私のように帰りそびれて瞑想堂に泊まる参拝者や信者ら一〇人だけだった。

全員が寝静まるのを待っていたのについ寝込んでしまい、気づいたら、午前三時前だった。耳を澄ましてみる。いびきが交じった深い寝息しか聞こえない。そっと体を起こしてろうそくのあかりだけが灯る堂内を見渡す。大丈夫だ、皆、夢の中にいる。

あらかじめ用意してあった携帯ライトと、マイクロレンズを装着した一眼レフを手にして、這うように柩へ進んだ。防寒のためか畳の上に毛氈《もうせん》が敷いてあるが、到底凌げる寒さではない。ダウンコートを通して冷気が体に染み込んでくる。白い息を吐きながら両手を合わせて柩の顔の部分の窓を開いた。独特の臭いが鼻を突いた。

口にくわえた携帯ライトで照らし、心敖の胸元をまさぐった。しっかりと屍衣《しい》を着込んでいるので、胸元を開けるのにも一苦労した。額から汗が噴き出した。

焦る気持ちを抑え、冷たくなった遺体の肌に手を滑らせて丹念に探った。ようやく紐らしきものに触れた。あった。それを摑んでそっと引き上げる。思った通りお守り袋を肌身離さず持っていた。冒瀆と分かった上での強行策だった。

震える手で袋の口を開いた。指に硬い紙のようなものが触れた。写真に違いない。それをつまむようにしてそっと引き出す。さらにもう一つ、ダイヤモンドの指輪が現れた。

考えるのは後だ。とにかく早く撮影して、お守り袋に返さなければならない。二つのブツをダウンジャケットの胸ポケットに入れチャックもして、堂の外に出た。

安堵感に襲われた。途端に全身が小刻みに震え出した。

月明かりがきれいな夜だったが、外灯ひとつない。私はお堂の縁側に座り込み、写真と指輪をじっくり眺めた。

男と若い女性が写っている。男の方はピントがぼやけて顔の判別が難しかった。それに引き換え、女性の方は鮮明だ。夜が明けて、通信局に戻れば、宮村から送られてきているはずの吉瀬涼子の顔写真と照合できる。

大急ぎで接写した。手が震えてなかなか思うように撮れなかったが、十数枚撮った中の二枚は、何とか使えそうだった。指輪の方は、内側に刻印が認められたが暗すぎて文字は判読できなかった。一応撮影してみたが、あまり意味がないかもしれない。

作業を終えると無性にタバコが吸いたくなった。一本くわえて、勢いよく煙を吹き上げた。

「どなたかな?」

闇の向こうから声をかけられて心臓が縮み上がった。その拍子にタバコを地面に落としてしまった。

「あっ、毎朝新聞の大嶽です」

顔を懐中電灯で照らされた。

「なんだ、あんたか。まだ、いたんだね」

声で永井だと分かった。手にしていた写真を急いでダウンジャケットのポケットに押し込んだ。

「すみません、帰りそびれました」

近づいてきた永井がタバコを拾ってくれた。まだ火が点いている。焦るあまりフィルターについた土を払うこともせずにくわえた。

「一本、どうですか」

「いや、私はもうやめたから」

私が消そうとすると、「もったいない、ちゃんと最後まで吸えばいい」と止められた。

「眠れないのかね」

「三時間ぐらいは爆睡しました」

永井が当然のように隣に腰を下ろした。

「それは休養充分という意味かね」

「仮眠としては」

永井が吐く白い息が闇に消えていく。

「因果な商売だな」

「悪いことばかりじゃないですよ」

「じゃあ、たとえば、どんないいことがあるんだ」

永井に横顔を覗き込まれた。

「世界で自分だけしか知らない事実がある。それを知った時の興奮、そして、誰かに伝える誇らしさ、ですかねえ」

そういうしち面倒臭いことはあまり考えないことにしているが、敢えて問われれば、そう答えている。

「なるほど、それは快感かもしれないね。だが、そんな事実には滅多にお目にかかれないだろう」

だから今、興奮しているんです、とは言えない。

「いいことはたまにあるから嬉しいんだと思います。それに、興奮だけが記者のやり甲斐じゃないんで。社会で見過ごされてしまいそうな出来事を、しっかりフォローしたいと思っています」

「今どき珍しいタイプだな。それがあんたの粘り強さの源なんだろうが、取材対象者には好かれんよ」

そんなことは気にしてないが、口に出すことでもないので相槌を打って聞き流した。

「永井さんの前職は、なんだったんですか」

永井のたたずまいは、社会福祉に人生を捧げてきた人のものではない。

「なんだね、いきなり」

「同業者の匂いがします」

永井が毛糸の帽子を脱いで、縮れた髪を掻いた。

「御社じゃないがね」

社名を訊ねると「それは、どうでもいいだろう」と流された。

「確か年は三八と言ったな」

黙って頷いた。また青二才呼ばわりされるのか。

「見た目より年食ってるんだな。いずれにしてもいい記者だ」

褒められているとは到底思えなかった。

「だから、はっきり言おう。和尚の素性をこれ以上調べるのはやめて欲しい」

「なぜですか」

平然と返すと、永井は本気で驚いた。

「今さら過去を暴いてどうするんだね。しかも、彼は既に亡くなっているんだ」

「死者に鞭打つなと」

「それだけじゃない。心赦がここで果たした多くの善行に泥を塗りたくって欲しくないんだ」

だがその「善行」は、凶悪犯である素顔を隠すためのカモフラージュだったかもしれない。

「判事夫妻を惨殺し逃亡中の凶悪犯が、多くの自殺志願者や社会からスポイルされた若者に生きる希望を与えた。その方が、はるかにいい話だと思いますが」

「大嶽さん！」

永井の大声が、深夜の境内に響き渡った。

「すまない。だがね、この社会に絶望した人たちに和尚は救済の手を差しのべたんだ。だから、彼にはそういう存在のままでいて欲しいんだ」

「話が嚙み合っていませんよ、永井さん。私も、心赦和尚は立派だと思っています。ご自身がかつて大きな罪を犯したからこそ、大きな償いができた。その真実をなぜ隠すんです」

「違うんだ、和尚は償いをしたんじゃない」

じゃあ、なんだと言うんだ。

胸の内で反論した言葉が、顔に出た。

「判事夫妻を殺したことは後悔していない、そうおっしゃっていた」

なんだと。

心赦が吉瀬であると永井があっさり認めたのに驚いた。それ以上に二人も惨殺しておいて「後悔していない」と発言した吉瀬に嫌悪を抱いた。

「じゃあ、心赦さんが、吉瀬健剛だとお認めになるんですか」

「私は何も認めないよ。だが、単なる罪滅ぼしのためだけに、和尚は自殺志願者を止めたんじゃない。涼子さんの自殺を止められなかった時に、同じような理由で死を選ぶ人を二度とつくるまいと誓ったからだ」

ならば、殺人は正当だとでも言うのか。吉瀬健剛は犯行当時、警官だったんだぞ。

「永井さん、今、何を言っておられるのかお分かりですか。あなたは、まるで、世の中には殺されて当然の者がいるとおっしゃっているんですよ」

「違うな。あの判事夫妻の殺人については、心赦さんは後悔していないと言ってるんだよ」

「つまり、そこにあなたの主張はないと。吉瀬健剛の気持ちを代弁しているんですね」

「あいつは、阿修羅《あしゅら》になろうとしたんだ。だから、自分の罪を承知の上で行動した。そういう覚悟があったんだ」

生きる喜びを忘れてはならない

「ただ、一緒にご飯を食べただけなのに、明日も生きたいって思えてきて」

東京都で金融機関に勤めていた三二歳の女性は、リストカットを繰り返していた。そして今度こそ死のうと思った時、「七転び八起き」というサイトを見つけた。

「自殺志願者って、死にたいけど止めて欲しいとも思っている。そんな時に存在を知った」

宮城県三陸市の小さな半島にある通称自殺駆け込み寺、医王山少林寺の境内にあるNPO法人だ。そこで女性は、その理事長であり少林寺の住職でもある心赦和尚に出会う。

「特別なことをしているわけではありません。ただ、温かいご飯をいただきながら、よもやま話をするだけです」

少林寺拳法の達人であり柔道整復師の資格も持つ心赦和尚は、物静かに話す。その雰囲気が同席する者を和ませ、ひたすら自己否定する人の心を癒やすようだ。

「絶望というのは、孤独から生まれるものだと思います。誰かとつながっているというのが一時ブームのように言われたこともありますが、相手の目を見て心と心で対話ができた時に、本当につながるのではないでしょうか」

心赦和尚が、自殺志願者と共に食事する時に心がけているのは、一緒に何かをやろうと誘うことだという。

「今日を一生懸命生きるのはとても素晴らしいことです。それができれば、明日にも希望が持てるようになる」

心赦和尚と「七転び八起き」の活動は、東北の片隅から日本人が忘れてしまった〝心の絆〟の意味を教えてくれる。


【一月一五日毎朝新聞朝刊宮城県版コラム・三陸通信局・広瀬荒太】

1

三月一七日――。

朝一番の渡船に乗った。昨夜、瞑想堂で眠りこけている時に宮村から電話が入っていた。留守電メッセージが残されており、吉瀬関連の資料をメールで送ったとのことだ。それで一刻も早く通信局に戻りたくなったのだ。

午前七時前の市街地に、人影は皆無だった。二キロほど離れた通信局まで戻る手段は徒歩しかなく、気合いを入れて歩き始めた。

厚い雲が垂れ込めていて、日射しがほとんど届かない。

気が滅入るのを紛らわせるために、昨夜の永井との会話について、改めて考えてみた。

なぜ、永井は心赦の素性を隠さなかったのか。ヒントはたねさんが明かしてくれたエピソードにある気がした。たった一枚の妹とのツーショットの写真を見せて、「焼身自殺をした妹を救えなかった」とまで言った心赦。事実を隠そうという気が彼にはなかったという。

永井も、心赦自身から話を聞いたのだろう。おそらくたね以上に詳しい話を聞いたに違いない。

なぜだ。なぜ、隠さない。

それに誰も心赦の過去を詮索しないのも解せない。

少林寺に辿り着いた人は、過去を捨ててしまいたい人が多いという。だから誰も過去を詮索しないのか。

なんだ、そのユートピアのような発想は。

――大切なのは現在の行動だよ。心赦さんは、今を必死で生きた。自殺志願者に死ぬなと説くだけではなく、生きる喜びを伝えたんだ。それで充分だろう。

永井の言い分は所詮きれい事だ。

「過去の過ちを思い通りに消せたら誰も苦労しないだろ。それができないから、苦しむんじゃないか」

憤りが言葉となってこぼれた。

そもそも二人も惨殺しておいて、後悔していないなんぞという男が、救世主のように崇《あが》められていいわけがないだろ！

曲がりなりにも仏門に入っておきながら、心赦は殺人を肯定するのか。己が犯した過去の大きな罪を償うために、自殺志願者を思いとどまらせるならまだしも、あの活動は、妹の自殺を止められなかった償いだと。

では、人を殺したことは罪だと思っていないのか。だからこそ、殺人という大罪に戦《おのの》くこともなく、人生を謳歌した、と。

それは異常な価値観だった。

人を殺せば罪に悶《もだ》え苦しみ、それでも心の平安は得られないものではないのか。仏教でも、卑劣な罪を犯せば、外道に堕《お》ちると説いているんだ。

そこまで考えた時、不意に足が止まった。

たのか。

だから、永井は「あいつは、阿修羅になろうとしたんだ。そういう覚悟があったんだ」と言ったのか。

阿修羅と言われて最初に浮かんだのは、三面六臂《さんめんろっぴ》の興福寺の阿修羅像だ。この神はそもそも正義心が強すぎて殺戮《さつりく》の神になったという。つまり、神の世界から外道に堕ちた神だ。

心救は外道に堕ちることを覚悟の上で殺人を犯したという意味だったのだろうか。

だったら、なぜ逃げたのだ。

その上、のうのうと善人面して、救世主のように崇められている。全ては身勝手な言い訳にしか思えない。

宮村からの情報を一刻も早く知りたくて、寝不足にもかかわらず速足で通信局に続く坂を急いだ。

2

通信局に辿り着くと、私は井戸から汲み上げた水にタオルを浸し体を拭いた。一度拭いたくらいでは体にこびりついた汚れは落ちなかった。さっぱりした後、五〇〇ミリリットルのミネラルウォーターをほぼ一気飲みし、デスクトップ・コンピュータを起動した。アマチュア無線経由でインターネットに接続する。

無性に珈琲が飲みたかった。ケトルに一杯分の水を入れてカセットコンロに載せた。

宮村は三つのファイルを送信していた。まず、〈吉瀬涼子〉というタイトルのファイルを開く。数枚の顔写真がＪＰＥＧで添付されていた。クリックして、在りし日の吉瀬の妹の顔を見つめた。心赦の遺体に戻すタイミングを逸して持ってきてしまった写真と照合する必要もなさそうだ。紛れもなく、二人は同一人物だった。

吉瀬涼子、一九七一年生まれ。小規模ながら染料メーカーを営む吉瀬勉《つとむ》・弥生《やよい》夫婦の第二子として東京都墨田区に生まれる。健剛は七歳年上の兄だった。健剛一三歳、涼子六歳の時に工場が火事になり両親が焼死、その後は母方の叔母に育てられる。

涼子は都内の短大卒業後に、東京地裁の事務職員として就職。自殺するまで東京地裁で働いており、同僚からの評判は良好だった。

男性関係の噂がまったくなかった。それは、少林寺拳法の達人で警官の兄の干渉が厳しすぎたからだという話はあったが、真偽のほどは定かではない。

ただ、健剛が涼子を溺愛していたのは間違いないようだ。

これらのプロフィールの後に、〈吉瀬と親しかった元警官の話として〉という断りの入った一文が続いた。

涼子には恋人がいた。相手は殺された判事の一人息子だった。事件が起きる半年前、涼子が妊娠したが、すぐに流産する。その少し前に一人息子は渡米し、残された涼子は五カ月後に焼身自殺する――。

〈一部週刊誌では、涼子は殺された判事の布施と不倫関係にあったとされているが、それは将来を嘱望されていた息子を守るために、判事の身内の誰かが流したデマの可能性が高いらしい。ちなみに、息子の布施一輝はメディアにも顔を出している人権弁護士です。〉

布施一輝《かずき》なら知っているし、一度、取材したこともある。ハーバード・ロー・スクール卒の国際弁護士でありながら、アメリカ留学中から貧民救済や密入国者の支援活動を仲間と続けており、その世界では有名だった。帰国後も、外国人労働者や不法滞在者の問題に取り組み、メディアにもよく取り上げられている。

こうした類の活動をする弁護士は、左翼の運動家や体制批判を生き甲斐にしている輩が多い。ところが、布施一輝は全身から育ちの良さが醸し出されるイケメンで、エリート独特の嫌みがなく、一緒にいるとこちらが落ち込むほどの爽やかな男だった。

さらに宮村は、涼子の友人にも話を聞いていた。それによると、涼子に結婚を前提にした恋人がいたのは事実だったそうで、婚約指輪も見せてもらったと言っている。ただ、家柄の違いで悩んでいたらしい。

まさかと思ったが、心赦のお守り袋から拝借したダイヤモンドのリングを取り出した。そして、通信局の机の中にあった虫眼鏡で、リングの内側に刻まれた文字を読んだ。

〈Always With You K&R〉とあった。

そんなものまで持っていたのか、吉瀬。

だとしたら、殺す相手は布施一輝なんじゃないのか。

〈なぜ、布施判事夫妻が殺されたのか？〉という項目が続いた。宮村は、まるで私の思考を全てお見通しのようだ。

〈強く反対したのは一輝の母親の雅子だったようです。息子の将来にとって、また法曹界や政界で活躍する布施一族にとって、ふさわしくない嫁だと判断したようです。

それゆえ息子から引き離すために涼子に対して布施夫妻が相当酷いことをしたのではないかと考えられます。

息子当人はそれを知らなかった可能性もあります。涼子が自殺した時、息子はハーバードに留学中でした。〉

なるほど、それで怒りの矛先は一輝の両親に向けられたわけか。

それにしても婚約者が流産したのに、留学先から戻ってこない布施一輝は、どういう神経の持ち主なんだ。

だが――、知りたいのは吉瀬の殺人の動機ではない。東日本大震災の津波によって命を落とした心赦和尚が、逃亡犯だったと証明できれば、それだけでスクープになる。

ならば、これで取材終了だ。原稿を書き、平井に上申するだけだ。

だが、本当にそれでいいのか……。

その時、衛星携帯電話がけたたましい音を鳴らした。

「おはようございます！　松本です」

やけに元気だった。

「お疲れ。女川の女のネタは取れたか」

「はい！」

「やっぱり亡くなっていたのか」

「いえ、少林寺にいらっしゃいます」

なんだと。

「心敎さんの柩のそばに座っていたきれいな女性がいらっしゃったでしょ。その方だそうです」

昨夜は若い僧が一人ついていただけだ。

「いや、少なくとも昨日はいなかった」

「えっ。田村景子《けいこ》さんとおっしゃる方ですけど。女川町立病院の看護師です」

そんな名にも記憶はない。どういうことだろうか。

「おまえは少林寺で会っているんだな」

「いろいろお話をしましたし、お恥ずかしい話ですが、心敎さんの遺体が見つかった夜は、私は泣いてばかりでしたが、その時に優しい言葉をかけて励まして下さいました」

「心敎との関係は訊かなかったのか」

「すみません。うっかりしてました」

何がうっかりだ、バカ野郎！　と怒鳴りそうになるのを堪えた。そもそも、松本は心敎の正体を知らないのだ。

「彼女の写真は」

「ありません。でも、私が覚えています」

じゃあ、念写してくれ。

「今から女川町を出ます」

「少し確かめたいことがあるので、もう一度少林寺に行ってくる。おまえは通信局で女川の原稿を書いてくれ」

とにかく田村景子に会わなければ。

「何について書けばいいですか」

やっぱりおまえはダメ記者だな。

「取材したこと、全部だ」

3

少林寺に向かう前に、宮村がまとめた残りのファイルにもざっと目を通した。

吉瀬健剛のプロフィールと、被害者である判事夫妻の経歴がそれぞれまとめられている。

吉瀬は都内の大学を卒業して、警視庁に入庁している。少林寺拳法の全国大会で優勝するなどの実績が、採用で考慮されたようだ。

交番巡査を務めた後、第三機動隊に配属された。次に両国署防犯課に転属、暴力団対策係勤務となる。それからは、新宿中央署生活安全課に移り、事件発生まで暴対一筋というキャリアだ。

取調べ中に、暴力団組員を瀕死の状態になるまで殴りつけたり、少林寺拳法の技をかけたりして、三度、厳重注意されるも、それ以上の処分は受けていない。おそらくは、暴力団に対する抑止力として彼の暴力を必要悪と考えている幹部がいたのだろう。

事件当時の自社の記事や週刊誌の記事がＰＤＦで添付されていた。暴力刑事、悪徳刑事として吉瀬を徹底的に叩いている。

警視庁少林寺拳法部の監督だった警察幹部の話として、吉瀬は人一倍正義感が強く、暴力団からも恐れられていたと、宮村はまとめている。暴力をふるったり苛烈な取り調べをするのは、明らかに凶悪な容疑者に対してだけで、不正や腐敗とは無縁だったと強く語ったそうだ。

そちらの方が、心救として生きた吉瀬のイメージとも合致する。

布施判事夫妻の方は輝かしい記録のオンパレードだった。殺害された布施一之《かずゆき》判事は、法曹や政治家などが多い家の出で、出世頭とはいえないが、判事に任官されてからはキャリアを着実に積み上げていた。

裁判官としての評価は、「凡庸」。一度も革新的な判決を下したことはなく、無罪判決も一度もない。法律家として正義を貫くより、赤レンガと呼ばれる法務省でのキャリアアップを狙っていたようだ。

プライベートについてはほとんど情報がなかった。さすがの宮村も限られた時間での調査で、布施元判事の私生活面を探るのは大変だったらしく、アングラ系の雑誌の記事を一つ添付するのがやっとだったようだ。だが、記事は興味深かった。

布施元判事は漁色家の噂が絶えず、粋筋だけではなく、裁判所の職員などとの関係もあったという。地方勤務時代には、被告人とすら関係を結んだこともあると書かれている。

夫人については、〈現在調査中ですが、いわゆる良家の子女として嫁入りした典型的なマダムだったようです〉と書き添えられていた。

「お疲れさまです！」

宮村の携帯を鳴らすと、すぐに元気な声が出た。

「和、協力ありがとう。やっぱり当たりだった」

「そうですか。いよいよですね」

宮村は上に報告すべきだと言いたげだ。私は気づかぬふりをした。

「少林寺には養護施設があるんだが、その事務局長が元記者なんだ。彼は、心赦和尚の過去について全て知っているようだった」

永井のフルネームを伝えると、さっそく調べてみると宮村が請け負った。

「心赦は判事夫妻殺害については、何の後悔もしていない。彼は阿修羅になる覚悟をしていた、と言った永井氏の言葉が気になるんだ」

「阿修羅って、興福寺にある、あの仏像ですか」

俄《にわか》勉強で仕入れた阿修羅の概要と推理を伝えた。

「なるほど、外道に堕ちる覚悟の犯行というのは吉瀬らしいかもしれませんね」

「だが、なぜ怒りの矛先が、涼子の婚約者の両親に向けられたのかが分からない」

宮村も同感のようだ。そこで、吉瀬のお守り袋から婚約指輪を見つけたと告げた。布施との婚約指輪と考えられる、とも伝えた。

「とにかく布施一輝本人に当たってみます」

最後に、心赦の恋人だと考えられる田村景子についても調べて欲しいと頼んだ。

暫く沈黙があった。

「嶽さん、上にあげる時期を決めませんか」

我々は公権力を持つ警察ではない。手持ちの情報だけでも、充分な記事が書ける。それによって警察が動き、心赦和尚の身元確認を行うだろう。

「そうだな」

「まだ、乗り気じゃないんですね」

「可能性は相当高いが、誰も心赦が、吉瀬健剛だとは認めていない」

鼻から息が漏れるのが受話器から伝わってきた。

「これだけの裏付けがあれば、充分じゃないですか。疑問形で見出しを打てばいいわけで」

津波の犠牲となった僧侶、実は逃亡殺人犯か？　という文字が脳裏に浮かぶ。

「だが、相手は地元の名士で、多くの自殺志願者の命を救った人物なんだ」

だから上司にも報告せずに秘密裏に調査を進めるというのは筋が通らない――。無言だが、宮村はそう抗議している。

「あと一日だけ独自取材したい。とにかく心赦の身元を裏付けるネタをもっと集めて、判事殺しの真相に迫る。これでどうだ」

宮村は暫く沈黙していたが、「了解しました」としぶしぶ返してきた。

「ありがとう、和」

「これは、嶽さんのヤマですから」

いや、最初に疑惑の目を心赦に向けたのは、宮村だ。心赦が握りしめていた位牌の名前に彼女が気づかなければ、ここまで辿り着けなかった。

「何を言っている。これはおまえの事件だ」

「じゃあ、二人のヤマってことで。とりあえず今日は有休を取ってとことん調べてみます」

涙が出るほど嬉しい言葉だった。こういう生真面目な連中がいるから、日本の新聞ジャーナリズムは、かろうじて堕落を免れている。

「それと、遠藤君の件、ありがとうございました。彼、メチャクチャ張り切っています。吉瀬健剛のプロフィールについては、遠藤君の仕事です。今日は、判事殺しを担当したサツ官に何人か話を聞いているはずです。お願いしてよかったと思っています。ありがとうございます」

礼を言われるようなことはしていない。通信局を出ると、厚い灰色の雲間から日射しが覗いていた。

4

通信局のバイクで出発したものの、路面の起伏と細かい瓦礫のせいで何度も転倒しかけて肝を冷やした。ちょっと気を抜くと、段差や瓦礫にハンドルを取られそうになるのだ。

徐行と停止を断続的に繰り返して何とか船着き場に到着した。そこで衛星携帯電話がまた鳴った。走行中からうるさいくらい何度も着信していた。

電話の主は震災特別取材班筆頭デスクの戸部だった。

「女川の原稿はいつ来るんだ？」

そういえば、昨日は一本も出稿していない。

「松本が、女川から通信局に戻るところです。午後一ぐらいまでには」

「おまえが行くって言ってたんじゃないのか」

よく覚えているな。

「どうしても、三陸市で取材したいことがありまして」

「例の和尚の件だな」

いきなり振られて焦った。

「どういう意味ですか」

「テレビで見たんだ。少林寺の住職に命を助けられたという人たちが列をなして嘆いているそうじゃないか。きっかけは、おまえの記事なんだ。続報はもちろん泣かせる話だろうな」

戸部の思い込みを利用しない手はない。

「まあ、そんなところです」

「それも今日中に送ってくれ」

勘違いしてくれるのはありがたい。心おきなく取材ができる。

船着き場では若い修行僧が乗船受付をしていた。

「おはよう。毎朝早くから大変だね」

「よく、お参り下さいました」

見るからに寒さで凍えているのに、修行僧は丁寧に合掌してくれた。

「昨日の夕方、田村景子さんと取材の約束をしていたんだけれど、会えなかったんだ。今朝は、お寺にいらっしゃるかい？」

「そういう方は、存じ上げません」

思いがけない返事だった。松本の口ぶりだと、田村は少林寺ではそれなりに認知された存在だったのに。

「あれ？　心赦さんの恋人だよ。知っているだろう、女川の病院で看護師をされている」

「ああ、景子様のことですか。それなら今朝はお見かけしませんでした」

その時、半島から船が到着して、修行僧はその対応で忙しくなり、会話は中断した。

列の最後尾に並んで、船に乗り込んだ。知っている顔がいないかと見渡したが誰もいなかった。

渡船が半島側に着岸しかけた時、ヘリコプターの大きなローター音が空から降ってきた。自衛隊のヘリがホバリングしている。

急病人を救出しているのだろうか。数日前の松本の姿を思い出した。春とはいえまだまだ寒い北国での避難所生活は、生やさしいものではない。昨日も、高齢者や子ども数人が体調を崩したり、低体温症のために境内の避難所から病院に搬送されていった。

三陸市にいる本当の目的は、被害状況を的確に伝えることだ。〝探偵ごっこ〟は今日で最後にしようと決めた。

瞑想堂に行くと、二〇人ほど集まって柩の周りで熱心にお経をあげている。

私は彼らから少し離れたところに静かに座っている僧衣を纏《まと》った女性に近づいた。

「田村景子さんを捜しているんですが、どちらにいらっしゃいますか」

尼僧は六十前後だろうか、目を閉じて聞こえるか聞こえないかの小声で読経していた。反応がないので耳元に顔を近づけてもう一度同じ問いを繰り返した。尼僧が目を開けた。

「どういうご用件ですか」

「心赦和尚についてお話を伺いたくて」

覗き込むように凝視された。

「記者さんですね」

「毎朝新聞の大嶽と申します」

「ご苦労さまです。お訊ねの件ですが、私は存じません。救護室の方でお訊ねになったらいかがでしょうか」

そんなところがあるのを知らなかった。迂闊だった。彼女は看護師なのだ。もし、少林寺に救護室があって人手が足りなければ、手伝うはずだ。

慈心院の救護室では中年の医師が一人で診察していた。田村景子はいるかと訊いたら「まだ帰ってこない」と返された。

「どちらへ？」

「三陸総合病院。昨日、急患を搬送する時に一緒だったから」

マスコミから身を隠したわけではなかったと分かってホッとした。

「お戻りは何時ですか」

「分かりません。何かご用ですか」

「亡くなった心赦和尚さんのことで伺いたいことがありまして」

「あんたマスコミ？　そういう話は、暫くやめてもらえませんか。ご覧の通り、医者も看護師も全然足りてないんです」

私は曖昧に頷いて、玄関に向かった。廊下の途中で、ちょうど部屋から出てきた永井と小島と鉢合わせした。

最悪の遭遇だった。

「おやおや神出鬼没だな、あんたは」

そう言って呆れている小島の横で、永井が睨んでいる。

「お疲れさまです。ここに避難されている方の数を知りたいんですが」

「何をしらじらしい。どうせ別の目的があって来たんだろう」

永井が咎めるように言った。

「別の目的って何です？」

惚けるしかない。

「冗談はやめてくれ。いずれにしても、今後二度と少林寺関係の敷地に立ち入らないでくれ。次は警察に通報する」

呼んでも来ませんよという減らず口を呑み込んで慈心院を出ようとすると、永井に呼び止められた。

「大嶽さん、あんた三陸市に何の取材に来たんだ」

余計なことに首を突っ込まずに被災地の取材だけやってろ、と言いたいのだろう。それに答えるつもりはない。

「毎朝さん、ちょっと待ってくれないか」

小島が追いかけてきた。無視して歩いていたら、小島は駆け足で追いついて私の肩に手をかけた。

「待ってくれと言ってるだろう」

「お話しすることはありませんよ、小島さん」

「私はあるんだよ。心赦和尚、いや、あんたが勝手に吉瀬健剛だと勘違いしている男についてね」

――東條さんに勘づかれた気がします。

宮村の声が頭に響いた。不本意だが立ち止まって話を聞くしかない。

「そっとしておいてくれないか。心赦和尚の過去を今さら暴いてもしょうがないだろう」

「おっしゃっていることが分かりかねます」

「いや、分かっているはずだ。ウチの東京本社からも心赦さんの身元を洗えという命令が来たんだよ。おたくのお嬢ちゃんが書いた記事のせいだよ」

私はもったいぶってタバコをくわえると、わざとゆっくり火をつけ、煙を吹き上げた。

「小島さんは、どうされるんです」

「どうもしないさ。本社にも心赦和尚にやましい過去はないと返したよ」

「彼が吉瀬健剛だと知っているのにですか」

タバコを一本所望された。小島はうまそうに煙を吸い込んだ。

「私は何も知らないし、何も書かない。ぼんくら記者だからな。だけど誰に何を言われても、私が出会った中で心赦和尚が最も素晴らしい人物だったということだけは曲げる気はないね」

「泣かせますね」

「なんだって」

侮辱するつもりはないが、その偽善が我慢ならなかった。

「素晴らしい人物であろうがなかろうが、和尚が昔、二人の人物を縛り上げた上でメッタ刺しにして殺した挙げ句、放火までして逃げた殺人犯という事実は揺るぎませんよ」

「この震災では、一万人以上の死者・行方不明者が出ているんだよ。いや、これからまだまだ犠牲者の数は増えるだろう。そんな中で、つまらないスクープを打ってどうする」

煙を吐きながら笑ってしまった。

「この世に新聞記者が私一人になっても、書きますよ」

「ほお、そうかい。じゃあ、なんで記事にならない？」

痛いところを突いてくる。

「今日の夕刊に載るかもしれませんよ」

「そうは思わんな。あんたは、景子さんを捜しているんだろう？　ということは、何かが引っかかっているんじゃないのか。あるいは、私同様、吉瀬健剛という男ではなく、心赦という一人の僧侶がどんな偉業を残したかを書くべきではと迷っているんだろう」

ばかばかしい。

「私はそんな優しい記者じゃないです」

「いや、あんたが署名記事で書いた〈被害者が加害者になる時〉ってタイトルの連載をよく覚えているよ。人は誰でも過ちを犯すし、激情に駆られて罪を犯すこともあると書いていたよな。いい記事だった。大嶽という名字は珍しいからな。名刺をもらった時に、すぐあの記事を思い出した」

そんな古い話を掘り起こされても困る。

「お褒めいただき恐縮です。でも、小島さん、あなた、それでいいんですか」

「何が言いたいんだね？」

「心教はかつてメディアを騒がせた殺人犯だったんですよ」

「死者に鞭打つようなことはするなと言っているだろう」

「私は、一〇〇〇年前の人物でも、罪が発覚したら書きます」

豪快に笑われた。

「典型的な天《あま》の邪鬼《じやく》だな。だから、いい記事も書けるんだろう。私が書かないと決めたのにはもう一つ理由がある。心教和尚の尽力で絶望から生還した多くの人のために、彼は敬われ慕われる存在でいて欲しい。それにおたくのお嬢ちゃんを助けるために身代わりになったじゃないか。彼は十二分に自分の罪を償っているよ」

暫くの間、二人で黙ってタバコを吸い続けた。オレンジ色の火が鼻先まで迫ってようやく携帯灰皿に吸い殻を放り込んだ。

「先輩、心を打つ示唆をありがとうございます。でも、原稿を書くかどうかは私が決めます」

「つまり、書く気だね」

「僭越ながら言わせて下さい。ご立派なことをおっしゃっていますが、結局は小島さんご自身が心教の関係者から非難されたくないだけでは？」

「なんだと」

「あるいは、一般読者から、こんな酷い記事をよくも書いたと糾弾されたくないのでは？」

小島が立ち上がった。全身から怒りが噴き出している。

「図星ですか。我々の仕事は、不幸も幸福も分けへだてなく同じように書くこと、あるいは、伝えることとです。私がこの一件を書くとしたら、殺人鬼が身分を偽って生きのびていたことだけを書くのではありません。ここで多くの命を救った点にも触れますよ」

「何を言っているんだ……。君が振りかざす似非《えせ》ジャーナリズムで人を傷つける権利なんてないんだぞ」

「分かっています。でも、一般人が立ち入れない場所に入り、様々な特権を与えられるのは事実を伝えるためです。そこにヒューマニズムを持ち込むのは筋が違う。それは所詮、負け犬の遠吠えでは?」

いきなり胸ぐらを摑まれた。殴られると覚悟して、ロートル記者を見つめた。

「調子に乗るなよ。なぜそこまで心救の過去を暴こうとする」

「暴こうとしたわけじゃないですよ。そういう事実が目の前にあったのを一記者として知っただけです。だから取材して原稿を書く。いつもと同じです。それが我々の仕事なんです。勝手な思い入れが入る余地なんてない」

「ご立派なもんだ」

私は小島の手を払いのけた。

偽善者は嫌いだった。記者の仕事は高尚でも道徳的でもない。

小島はまだ何か言いたそうだったが、無視して背を向けた。歌を忘れたカナリアに用はない。記事が書けなくなったら、記者なんぞ辞めてしまえ。

5

三陸総合病院は、相変わらず人でごった返していた。一階の待合室を見渡して途方に暮れた。これだけの人数の中から、どうやって田村景子を捜せばいいのか。こちらに来てからは人捜しばかりしている。

白衣姿の女性に片っ端から声をかけた。一時間近く声をかけ続けたが収穫はなく、疲れ果てて待合のベンチにへたり込んでしまった。

「私をお捜しだと聞いたのですが」

顔を上げると、白衣の上にダウンコートを着た小柄な看護師が覗き込んでいた。

「田村さんですか」

彼女が頷いた。

「毎朝新聞の大嶽といいます。心赦さんの件でお話を伺えませんか」

あまりにも単刀直入にお願いしたので、門前払いを覚悟した。だが、「これから休憩なので、その間に話すのでいいなら」と返ってきた。思わず両手で田村の右手を握りしめて感謝してしまった。

「中庭でお昼を食べますがよろしいですか」と訊かれたので頷いた。誘われるまま彼女の後について外に出た。

日射しは幾分あったが、峠の麓にある病院の屋外は寒い。景子は大きな目が印象的で、どことなく吉瀬の妹に面影が重なった。

「ご遠慮なく質問して下さい。良一さんの何をお知りになりたいんでしょうか」

「弊社の記者を救っていただいたために心赦さんが命を落とされたことを心からお詫びし、ご冥福をお祈り致します」

「そんな堅苦しいお話は結構です。本題に入って下さい」

「大変申し上げにくいことなんですが、心赦さんの過去を調べています。まだ、断定はできないのですが、心赦さんは東京で二人を殺害し逃亡した人物だと思われます」

彼女は表情をまったく変えずにミネラルウォーターを飲んだ。

「驚かれないんですね」

「知っていました」

あまりにあっさり返されて拍子抜けした。

「彼が吉瀬健剛という名で、警視庁の刑事をしている時に、判事夫妻を殺害したということもですか」

景子は静かに頷いた。

「ずっと苦しんでいました」

本当なんだろうか。

「復讐とはいえ、二人の命を奪った罪の重さに、良一さんは押しつぶされそうでした」

彼女は、少林寺で名乗っている心赦の本名を口にした。

「しかし、永井さんは、心赦さんは二人を殺害したことを後悔していなかったと」

景子と目が合った。

「人を殺して、その罪に苛まれない人なんていると思いますか」

「いえ」と言った後、言葉が継げなくなった。

「確かに、二人の命を奪ったことは後悔していないと言い続けていました。あの人たちは、死んで当然だったからと。でも、殺されて当然の人なんていません。その矛盾を、良一さんは重々承知していました。そして、良心の呵責《かしゃく》は想像以上に深いということも。だから、いつも悪夢にうなされ、苦しんできました」

「つまり、復讐のために阿修羅として外道に堕ちる覚悟はしても、自らは懊悩煩悶《おうのうはんもん》し続けていたと」

「懊悩煩悶なんていう生やさしさではありませんよ。少なくとも私は、良一さんが安眠したのを見たことがありません。いつも泣きながら飛び起きて絶望する。それを疲れ果てて眠る明け方まで繰り返すんです。どうしても眠れない夜は、洗面所で長時間手を洗い続けるんです。私には見えない何かを洗い流そうと、時にはたわしで手の皮が剝けるほど強く」

初めて人間くさい心教を知った気がした。

「殺人犯と知って、よくつきあえましたね」

気分を害されるのは覚悟の上だ。だが、訊かなければならない問いではある。

「私も昔、我が子を殺したんです」

景子は手元のおにぎりを見ているが、実際はここではないどこかを見ているようだ。

「ごめんなさい。厳密に言うと、私がうっかりして死なせてしまったんですが」

一歳になったばかりの息子の子育てに彼女は疲れ果てていた。夫は、仕事と称して遊び回っている。そんな時、ガスコンロに鍋をかけ哺乳瓶を温めたままうたた寝し、一酸化炭素中毒を招いてしまう。自分は何とか助かったが、息子は助からなかった。

「でもあの頃、心のどこかで、この子がいなくなればって、何かあるたびに思ってました。あれは私に殺意があったと今でも思っています」

そして、夫と義母に詰られ続け離婚。その後、自殺しようとした時に、心救の活動を知った。

「私は卑怯な人間だから、自殺したいと思う一方で、誰かに止めてもらいたかったんでしょうね。だから、少林寺に行ったんです。そして、良一さんに救われた」

三陸市での日々に慣れた頃、ＮＰＯ法人「七転び八起き」の事務局で働き始め、二人は同棲する。

「暮うし始めてすぐに、良一さんが悪夢にうなされるのを知りました。いつからそんな状態なのか、何度も訊きましたが、なかなか話そうとしなかった。それで私が半ば脅迫してやっと話してくれました」

「知った時はどうでした？」

「不思議と驚きはありませんでした。何か大きな不幸というか、罪を抱えているんだろうとは感じていましたから」

「普通は、そんな話を聞いたら、逃げ出したくなりますが」

景子の口元がうっすらゆるんだように見えた。

「そうでしょうね。でも、私は逆にもっと好きになりました」

「自首を勧めるつもりはなかった？」

「勧めましたよ、何度も。そうすれば、悪夢から解放されますから。でも、彼は絶対に首を縦に振らなかった」

そこが卑怯なのではないか。偉そうに人に生きろと諭すなら、自らの罪を清算すべきだろう。

「自首しないのは、生きて無間《むげん》地獄に耐えるのが、罪を犯した者の定めだからだと言っていました」

以前、ある宗教家が言っていた。死刑を残虐刑だと言うが、本当は終身刑の方が遥かに苦しいと。吉瀬は、自らにそんな罰を科したということだろうか。

いや、それは罰じゃない。

「無間地獄に耐えるのが自首しない理由だというのは、言い訳にもなりませんよ。自首して、刑務所で耐えればいい」

景子はじっと足下を見つめている。

「そもそもあなたのような伴侶《はんりょ》と暮らしているのに、無間地獄だなんて」

「女と同棲しているくせに、地獄なんてちゃんちゃらおかしいですか」

大きな目に見つめられた。だが、その通りじゃないか。

「男と女が一緒に暮らすのが幸せだと考えるのは、短絡的じゃないでしょうか。実際、私という存在は、彼にとってはお荷物だったかもしれませんよ」

「そうかな。私が心教和尚なら、あなたのような方と暮らせるだけで幸せだ」

「リストカットを繰り返し、酒と薬に溺れた女との暮らしは大変ですよ」

つい手首を見てしまった。だが、ダウンコートの長い袖に隠れて見えない。

「彼は夢にうなされましたが、私は酒と薬と自傷行為に逃げた。それを止めるために、良一さんは一緒に暮らしてくれたんだと思います」

自分を愛してくれる女性と暮らすのは、地獄じゃない。

「田村さんの説得にもかかわらず、彼が自首をしなかった理由は、それだけですか」

景子の唇が何か言いかけて止まった。

遠くで「アンパンマンのマーチ」が流れた。

私は景子の言葉を待った。

「誰かを庇《かば》っていたんだと思います」

その方が理屈は通る。

「どうしてそう思われたんです」

「自分が自首したら、ある人の人生を台無しにする。だから、自首できないんだと言ったことがあります」

共犯者がいたということか。あるいは、彼が罪を被ったのか。

「それはどなたですか」

「分かりません。詳しく教えて欲しいと言いましたが、今の話は忘れてくれ、自分は実は浅ましい人間で、捕まるのが怖いだけの卑怯者だと」

心赦は所詮偽善者で卑怯者なのかもしれないと思っていた。だが、心赦は誰かを庇っていた。だから捕まるわけにはいかなかったという話は、彼への評価を変えた。

「アンパンマンのマーチ」を子どもと一緒に聴いていて、アンパンマンを寂しい男だと思ったことがある。〝そうだ　おそれないで　みんなのために　愛と勇気だけが　ともだちさ　ああ　アンパンマン〟という箇所だ。顔がアンパンである彼は、落ち込んだ人や元気のない人に自分の顔を分け与える。その究極の自己犠牲を払っている男の友だちが〝愛と勇気だけ〟とは……。心赦はそういう男だったのかもしれない。

第一一章　それでも雨は……

謎と矛盾だらけの判事夫妻殺害事件

先月一三日に東京都世田谷区で起きた判事夫妻殺害事件は、事件発生から一カ月が経過した。犯行直後に一一〇番通報した警視庁新宿中央署警部補（当時）吉瀬健剛容疑者（三四）の行方は手がかりすらつかめていない。

吉瀬は通報した際に、殺した布施判事を悪徳判事と糾弾し、天誅を下したと告げた。だが、布施判事に不正の事実はない。何を指して「悪徳」と断じたのかは不明だ。また、たとえ布施判事が悪徳判事だとする理由があったとしても、夫人までも惨殺する理由は不明のままだ。

動機については、一部で実妹の自殺との関連もささやかれているが、確証はない。

いずれにしても、二人の被害者を十数回も刺身包丁で刺した上に、放火までしているところから、よほど激しい憎悪があったはずだが、それが何なのかもつかめていない。

その上、自らの正体を明かし犯行を認め、証拠物として警察手帳と自らの指紋のついた凶器を現場に残しながら、逃走した矛盾も気になる。捜査本部では、自首するつもりだったが怖くなって逃走したと見ているが、だとすれば、証拠を残すのが不自然だ。

また、事件当日、アメリカ留学から一時帰国中の息子に、母親が「今日は、遅くまで来客があるので、都内のホテルに泊まってほしい」と頼んでいるのだが、来客が吉瀬だったのかも不明だ。

【一九九八年七月一三日毎朝新聞朝刊・社会部・新井芳雄】

1

通信局に戻ると、駐車場に見慣れない車が駐まっていた。フロントグラスに置いてある〝規制除外車両確認標章〟で来客の正体を確かめ、通信局に入った。

局内には重苦しい雰囲気が漂っていた。先に私と目が合ったのは、松本だった。彼女の目に険があるのを見て、小島の来訪目的を察した。

やれやれ厄介な男だ。

小島は含みのある笑みを浮かべてこちらに会釈してから、「じゃあ、私はこれで」と立ち上がった。

「どういうご用件で？」

「なに、通信局での暮らしに不自由されていないかなと思いましてね」

「それは、どうも」

すれ違いざまに睨みつけたが、小島は平然としていた。

松本は見送りのために駐車場に出ている。ミネラルウォーターをあおりながら、窓から彼らを見ていた。車のエンジンをかけた後も、二人は暫く話し込んでいた。運転席の小島は、何度もこちらに視線を投げながら深刻そうに話している。

やがて車が発進すると、肩を怒らせて松本が室内に戻ってきた。

「お話があります」

「その前に女川の原稿はどうした」

「先ほど、戸部さんというデスクから原稿を送るように催促があって、送信しました」

「写真も送ったんだな」

「あっ、それはまだです」

「だったら話は、そっちを送信してからだ」

それを待っている間にメールの受信をチェックした。

宮村と遠藤から一本ずつ届いていた。

そこで、松本の衛星携帯電話が鳴った。パソコンに向かったきりまったく出る気のない松本に痺《しび》れを切らして代わりに出た。戸部だった。

「あれ、番号を間違えたか」

「いえ、松本の電話なんですが、今、写真のセレクトが忙しくて電話に出られないようです」

「ったく、新人のくせに大した態度だな。そうか、じゃあ写真はもうすぐ来るんだな」

松本の背中越しにパソコンを覗いたら、椿の花がメインでその遠景として三階建てのビルが横転している写真が画面に大映しになっていた。

「そのようです」

「悪いんだがおまえ、事前にチェックしてくれないか」

松本から来た原稿がどれも支離滅裂で、手を入れるのに一苦労だという。

「原稿は俺の方で直せるが、写真は修整が利かないからな。どうもお嬢様は、ご自分の原稿に酔ってらっしゃる。おそらく、写真も芸術的なのが来るんじゃないかと心配しているんだ」

確かに松本の写真は、やたら構図やアングルに凝っていて、一目では何の写真か判別できないものもある。

こだわる気持ちは分からないでもないが、所詮、記者の撮影技術など素人の延長線上のものだ。原稿同様、〝何が起きたのか〟を伝えるのが報道写真の最大の使命なのに、妙な感性を持ち込んだりしたら、そこにある事実にバイアスがかかる。松本の写真を見ているとその傾向が歴然とあった。

「了解しました」

やりたくないが、キャップとしての最低限の義務だと諦めた。

「それと、おまえさんの方はどうなんだ。例の坊主の続報はいつ頃来る」

心敬の死を悼んで大勢が集まるという記事ならすぐにでも書ける。

「あと一時間ほど下さい」

「期待している。だが、坊主以外のネタも欲しいな。三陸市の死者はどうやら県内でも一、二を争う数になりそうだ。それに関して一本欲しい」

低体温症や、避難所での環境の悪さの影響で亡くなる人も出てきている。そのあたりを書くと返した。

「とにかくもろもろ四時までに送ってこい」

あと一時間ほどしかない。私は電話を切ると、写真はこちらで選ぶと松本に伝えた。

「なぜですか」

「デスク命令だ」

「じゃあ、心赦さんの件をお話しさせて下さい」

「写真が先だ。おまえ、締切り感覚がないのか」

不満そうな松本を無視して、社専用のワープロソフトを開いた。

〈大地震と津波から逃れたのに、避難所で命尽きるという事態が頻発している。〉

原稿を打ち始めたら、画像データをコピーしたフラッシュメモリを松本が差し出してきた。パソコンに差し込んでフォルダを開いてから「記事の概要と写真説明《キャプション》を読み上げろ」と命じた。

最初に映し出されたのは、洗いざらい津波になぎ倒された町の全景だった。

「津波に襲われた女川町」

松本が棒読みのような声で言った。

もう少し上手なキャプションはないのかと思ったが、そちらは戸部に任せておこう。

「なんだか、ピントが甘くないか」

「中央あたりに横転している建物の角にフォーカスを合わせて、あとはぼかしたんで」

松本の細い指が、画面中央の建物の一角を示した。

「やけに芸術的だな。もっと全景がくっきりと写っているのはないのか」

「ありますけど、この方が写真の向こう側に物語があります」

それは大いなる勘違いだ。

「女川町の市街地が壊滅しているのを伝えるのが、新聞写真の第一使命だろ」

そう言ってボツにした。その後も同じ作業を五度も繰り返し、ようやく様になる写真を仙台支局に送信した。

一息つこうとコーヒーを淹《い》れた。松本は私も戴きますと言ったが、席を立つ様子はない。私が二人分を用意した。

「それで話ってなんだ」

先ほど暁光新聞の小島が座っていたソファに腰を下ろして、コーヒーを啜った。

「心赦さんに濡れ衣を着せるそうですね」

「濡れ衣じゃない。彼が東京で判事夫妻を殺害し逃亡した吉瀬健剛であるのは間違いない」

まさか、ここまでストレートに返されるとは思っていなかったようだ。松本は目を見開き言葉を失っている。ノートパソコンをテーブルに置くと、事件概要のファイルを開いて、彼女に見せた。

松本は黙って事件概要に目を通した。私は再び原稿に戻った。

一五分ほどその状態が続いてから、松本が声をかけてきた。

「何を根拠に、心赦さんと吉瀬が同一人物だと決めつけたんでしょうか」

どうやら徹底抗戦する気らしい。

「そこに吉瀬の顔写真があったろう。心赦和尚の写真を、東京に送って画像解析したんだ」

松本の眉間に皺が寄った。

「それは、私が撮影した心赦さんの死に顔ですか」

「答える必要はないだろう」

「もしかしてそのために私に心赦さんを撮らせたんですか」

「心赦の正体を知ったのはその後だ。ある人物から位牌について指摘を受けたんだ。だから写真を見せて心赦と吉瀬が同一人物かを確認してもらった」

「つまり、この話は、大嶽さん以外にもご存じの方がいるということですね」

私は黙って頷いた。

「仮に心赦さんが吉瀬だったとしても、この期に及んで記事にする必要があるんでしょうか」

「当然だ」

「なぜです」

「彼は人を二人惨殺した上で逃亡し、三陸市で素性を隠して生きてきたんだ。それは、読者に伝えるべき事実だ」

「既に亡くなっているんですよ」

「だから、どうしたんだ。死んでいようが生きていようが、事実は揺るがない」

本当は生きている心赦に、いろいろ訊いてみたいことはあった。

「心赦さんは、私を助けようとして、私の代わりに命を落としたんですよ」

「だから？」

「自らの命を張って、赤の他人を救った人の名誉を穢《けが》すんですか」

呆れて言葉を失ってしまった。

「おまえの命を救ったら、殺人の罪は消えるのか」

今度は松本が絶句した。

「そんなことは言ってません。でも、私は耐えられません」

「それはおまえの問題だ」

「大嶽さんが書かなければ、誰も知らない話です」

「誰も知らない話なら、なおさら知った記者が書くんだ。それが分からないなら、記者を辞めろ」

「あんまりです」と松本が涙目になった。

私はコーヒーを飲み干し、自席に戻った。

しばらく洟をすするような音がしていたが静かになった。諦めたと思ったら、目の前に松本が立っていた。

「お願いです、大嶽さん、この通りですから、心赦さんのことを原稿にしないで下さい」

松本は両手を合わせている。まさか、ここまでするとは。

「おまえの気持ちはしっかりと受け止めた。最後は俺が自分で判断することだ。昨日の夜は、女川でまともに寝ていないんだろう。暫く休め」

2

中橋心赦こと吉瀬健剛の全てを原稿にする――。戸部から命ぜられた原稿を出稿すると、すぐに心赦告発の原稿に取りかかった。

〈東日本大震災の津波に呑まれて命を落とした被災者の中に、東京都内で殺人を犯し逃走していた指名手配犯がいたことが、一七日までに毎朝新聞の調べで分かった。〉

改めて文字にすると、なんと無味乾燥な事実だろう。だがスキャンダルを書くのではない。事実を記事にするだけだ。

まず心赦についての簡単なプロフィールを入れ、彼の本名、そして犯罪について記した。

夢中で書いていたが衛星携帯電話の着信音で我に返った。電話の相手は宮村だった。

「布施一輝が取材に応じると言ってきました。但し、その前に吉瀬に最後のお別れをしたいと言っています」

「何をしたいんだ」

「ご遺体に手を合わせたいそうです」

つまり、東京から三陸市までわざわざ来る気なのか。

「そこまでする必要があるのか」

「まあ、ご本人の強い希望なので。羽田発一八時四〇分のＪＡＬで山形空港に向かいます」

山形空港は、宮城県境に近い東根《ひがしね》市にある。そこからタクシーで向かうとしても、こんな状況では到着は何時になるか分からない。

「一人で来るのか」

「いえ、遠藤君を一緒に行かせます」

「被災地が怖くて逃げ出したんだぞ、大丈夫なのか」

宮村がため息を漏らしたのが聞こえた。

「信じてやって下さい」

信じはしないが、受け入れることにした。

「今、原稿を書いていた。だが送稿するのは布施弁護士が着くまで待つよ」

「すみません、その件なんですが、ひとまず一報を送るよう平井さんから厳命されました」

「ばれたのか」

「菅原さんに」

警視庁キャップで、三期上の典型的な事件記者だ。事件に対する勘の良さも抜群だから、こうなるのは時間の問題だった。

宮村と遠藤が判事殺しの関係者に接触したのを怪訝《けげん》に思った警視庁捜査一課長が、菅原に問い合わせたらしい。

「分かった、俺が平井さんに連絡する」

だが、こちらの腹づもりが決まるまでは平井と話す気はなかった。こんな状態では一方的に原稿のトーンを決められてしまう。私はタバコを手に外に出た。まもなく日没だ。

海に面した中庭のガーデンチェアに腰を下ろし、一服した。

平井は洗いざらい原稿にしてこいと命ずるだろう。それに異論はないが、いざ記事になる段階でセンセーショナルな部分だけを使って、平井が残りを切り捨てるという懸念がある。特ダネこそ新聞記者の使命と言って憚らない平井は、とにかく派手な大スクープをぶち上げたいはずだ。

吉瀬が自らの罪を隠し、身分を偽って生きてきた事実を記事にするのに迷いはない。だが、彼がこの町に残した功績も伝えたかった。限られた取材ではあるが、明らかに彼は本気で自殺志願者を救っている。

その点を説得力のある原稿で伝えなければならない。

室内で電話が鳴っているのが聞こえた。平井の我慢が限界を超えたに違いない。

3

「そんな条件を約束できると思うのか」

平井は聞く耳を持たなかった。

「でなければ出稿しません」

「おいおい大嶽さんよ、おまえ何様だ」

「心教という和尚が、いかに地元民や自殺を思いとどまった人たちにとって大切な存在だったかは、既に原稿で出しましたよね。彼が殺人犯だったのは事実ですが、心教として多くの人の命を救ったのも事実です」

二人を殺害して、一〇〇人以上を救った——そう書くつもりだった。

「おまえの言い分も分かるが、今は紙面が足りないんだ。心教になりすました後の善行までを一挙掲載できる可能性は低い」

「じゃあ、やめましょう」

「おまえがやめたら、宮村を締め上げて書かせるだけだ。それなら、おまえが書く方がましなのでは?」

卑怯者め。だが、平井の言い分は妥当だ。これだけの大震災が起きた上に、今なお日本が破滅するかもしれない原発の大事故が続いている。なのに政府は迷走し、事態収拾どころか悪化の一途を辿っている状況なのだ。一三年も前に起きた殺人事件の逃亡犯の罪と償いの物語を押し込むスペースはない。

そして、平井は私が出稿を拒めば、本当に宮村に書かせるだろう。

「分かりました。では、あと二時間下さい。全てを書きます。さらに短縮版も送ります。せめて、短縮版の方を全て掲載するよう配慮して下さい」

「俺はいつでも、部下の渾身《こんしん》の原稿を全て載せる努力を惜しまないよ、大嶽」

勝手に言ってろ。

それから二時間、私は原稿に没頭した。午後七時前にようやく両方の原稿を同時に送信した。

〈一万人を超える死者・行方不明者という未曽有の大災害の最中に判明したある逃亡犯の壮絶な人生は、罪と罰、そして償いという普遍的な問題に大きな一石を投じる出来事ではないか。〉

まず、宮村から電話があった。

「嶽さん、拝読しました。単なる特ダネっていうより、心教として生きた男の話が胸に迫りました」

さすがにお世辞がうまい。

「素直にありがとうと言っておくよ。何か足すべき事実があったら、遠慮なく俺と平井さんの両方に送ってくれ」

「平井さんの命で、吉瀬と涼子、さらに布施判事のサイドや雑感を入れましたが、もう嶽さんの原稿があれば、不要だと思います」

「まあ、そう言わず、どんどん書いてくれ。続報も必要だろうし、こちらで布施一輝の話を聞いたら、それも送る」

東京に戻ったら打ち上げしようぜと約束して電話を切った。

すぐに平井からも連絡が来た。

「大嶽、いい原稿だ。おまえが心赦の部分を入れたがった理由もよく分かった」

平井が興奮しているのは嬉しかった。

「なんだか気味が悪いんですが」

「バカ、滅多に褒めない俺が絶賛しているんだ。感動して涙の一つも流せ」

涙は流せないが、肩の力が抜けていく気がした。

「号泣してます」

短縮版については一挙掲載するよう手配していると平井に告げられて、私は思わず立ち上がって拳を握りしめた。

「とはいえ、まだせめぎ合っているところだ。暫くつきあってもらうぞ」

望むところだ。特ダネを書くと、記者自身が記事を丁寧にチェックできる。通常記事ではタッチさせてもらえない作業だった。

午後九時過ぎ、平井と何度もやりとりを繰り返しようやく記事が落ち着いた。アマチュア無線で、新聞の一面と社会面をダウンロードするのは時間がかかったが何とか受信して、私は二部プリントアウトした。

そして、一部を松本が使っているデスクの上に置いた。彼女は午後八時過ぎに自室から下りてきたが、食事の用意をするとすぐに上階に戻っていった。

夕食も忘れて書いていたため、ようやく空腹感を覚えた。

だが祝杯を挙げる気分にはなれず、簡単に食事を済ませた。スクープ原稿をものにしたのになぜか気分は晴れない。

その理由を考えていたら、いつの間にかソファで眠り込んでしまった。

4

誰かに肩を激しく揺さぶられて目が覚めた。松本が怯えた顔で私を見ている。

「誰か来ます」

「今、何時だ」

「午前一時半を過ぎています。こんな深夜に誰でしょうか」

視界が朦朧《もうろう》としていたが、体を起こした。目眩《めまい》に襲われたが、松本の手に十八日の朝刊のプリントアウトがあるのは分かった。

窓際に近づくと大きな懐中電灯を手にした人影が三つ見えた。松本は体をくっつけるようにして横に並んで同様に外を睨んでいる。

「先頭は、どうやら堀部さんのようだね」

私はドアを開いて迎えに出た。松本は腰が抜けたように床にへたり込んでいる。

「堀部さん、お帰りなさい」

「やあ、大嶽さん、わざわざお出迎えありがとうございます。まだ、国道沿いの瓦礫が撤去されてないので徒歩で坂を上がってきました」

「連絡を下されば、ジムニーでお迎えに行ったのに」

堀部は荷物を降ろしたいので、あとでジムニーを借りると返してきた。

「嶽さん」

遠藤がいた。その隣りに布施がいる。

「弁護士の布施一輝さんです」

「以前一度、取材でお世話になりました大嶽です」

「布施です。確か、中国人の研修制度のことでお会いしたんですよね」

そうだった。疲労のせいかもしれないが、布施は急に老け込んだように見えた。

「東京からはるばるありがとうございます。ひとまず、中へ」

松本は布施の名を聞き、驚いて立ち尽くした。

「この上に、ゲストハウスがあります。一休みして下さい」

だが、私の提案に布施は首を横に振った。

「まず、私の話を聞いてもらえませんか」

堀部が気を利かせて、自分は先に休むと言って二階に上がっていった。

布施をソファに座らせると、遠藤が録音の許可を得てＩＣレコーダーをテーブルの上に置いた。

「私も同席して、よろしいですか」

松本の申し出が意外だった。布施に確認すると、彼は「問題ありません」と言ってお茶を飲んだ。

「本当は、心赦さんと最後のお別れをしてからお話ししたかったんですが、記事が今日の朝刊に出るということなので、とにかくお話し致します」

何となく改まった態度を、どう取ればいいのか戸惑った。

「私の両親を殺害したのは、吉瀬健剛さんではありません。私です」

息を呑んだ。

「大嶽さん！　社に電話を入れて、印刷を止めてもらうべきでは？」

松本が叫んだ。既に午前二時を過ぎている。今さら無理だ。それに布施の話が信じられなかった。

「詳しく話していただけますか」

布施はお茶で喉を湿らせてから続けた。

「私は健剛さんの妹、涼子さんと婚約していました。両親には強く反対されていましたが、私たちの決意は固かった。私たちを応援してくれていたのは、ただ一人、健剛さんだけでした」

二人は婚約指輪を交わし、もし布施の両親が認めなくても結婚するという固い約束を交わして布施は米国留学に旅立った。

「日本は歪《いびつ》な国です。島国であるがゆえに民族的にも文化的にも、均一性を尊んできたために、その不文律を乱す者を排除しようとするシステムが厳然と存在します。その結果、人権は無視され、弱者を法的社会的に保護するという意識が根づかないんです。そうした問題を、人種のサラダボウルと呼ばれるアメリカで学びたかったんです」

布施がボストンで猛勉強に励んでいる間に、涼子が妊娠する。涼子は、その事実を布施に告げなかった。

「なぜなら、おなかの子の父親が、私ではなかったからです」

「いつお知りになったんですか」

思わず訊ねていた。

「涼子が自殺した後、健剛さんから聞きました」

その時の衝撃が蘇ったのか、布施の表情がさらに硬くなった。

「流産されたのは？」

「それも健剛さんから聞くまで知りませんでした。ただ、その年の正月休暇に遊びに来るはずだった涼子から、突然体調を崩したので渡米を取りやめるという電話をもらいましたが、言葉通りに受け取っていました」

では、涼子のおなかの子は誰の子なのか。考えられるのは、涼子が新しい恋をして、子を宿した可能性だ。それなら布施に連絡しないのも当然だ。

布施が黙り込んでしまった。

「どなたのお子さんだったんです？」

「父です」

思わず目を強くつぶってしまった。

「間違いないんですか」

松本が嘴《くちばし》を挟んだ。あまりの酷い問いに殴り飛ばしてやろうかと思った。だが、布施はためらわずに頷いた。

「私が留学中に、父に犯されたと。そして、妊娠させられたんだと、お兄さん宛の遺書に書かれていたそうです」

「なぜ、そんなことに？」

布施は小さく息を吐いた。

「私との結婚を諦めさせるためです。どうやら、母の考えたことらしいです。母に命ぜられて渋々やったとあの夜、私に問い詰められた父が白状しました」

それが事実だとしたら、布施の両親の罪は重い。

「そんな一大事に、あなたはまったく気づかなかったんですか」

辛い話だが、一つ一つ訊いていくしかない。布施は辛そうに唇を噛んでいる。声にならない声で唸ってから口を開いた。

「後から考えると、そのような目に遭った頃から彼女の態度がよそよそしくなったように思います。仕事が忙しくなったと手紙に書いてあったので素直に信じました。それに私も忙しかった……」

そして恋人の哀しみに気づけなかった。

「当時、市民運動を支援する事務局に入り浸っていました。大学の授業にすらまともに出席せず、ひたすらアメリカの貧困層のための支援法実現のために、仲間と奔走していたんです。だから、彼女が自殺したのも一時帰国するまで知りませんでした」

さすがにそれはあり得ないだろう。よそよそしくはなっても、音信不通が続けば何か起きたと思うはずだ。

「既に僕らの関係はぎくしゃくしていましたから連絡が滞っても気になりませんでした。それに米国で市民運動に肩入れしすぎた私は警察に逮捕されて暫く留置されていました。結果的に不起訴処分で済んだんですが、精神は相当荒《すさ》んでいました。ようやく余裕ができて、最近連絡がないと涼子を詰ったんです。そうしたら、婚約を解消したいと言ってきたんです。新しい恋人ができたからと言って……」

「で、どうされたんです？」

「日本に飛んで帰りました。でも、彼女は行方不明になっていました。健剛さんにも連絡がつかない。もう諦めかけていた時、涼子から電話が来ました。ストーカーのような恥ずかしいことはやめてと言われました」

そして傷心の布施はアメリカに戻る。

「それが、最後の連絡ですか」

布施は辛そうに顔を歪めた。今にも泣きそうだ。松本にコーヒーを淹れるように命じた。珍しく素直に応じてくれた。

「涼子が死ぬ数時間前だと思います。電話があったのですが、出ませんでした」

布施が肩を震わせている。黙って落ち着くのを待った。結局、松本がコーヒーカップを置くまで沈黙が続いた。

「それにしても、誰も婚約者の死を伝えてくれなかったんですか」

布施がコーヒーを口にしたところで、私は訊ねた。

「私と涼子の関係を知っていたのは、両親と健剛さんだけでした。両親が教えるはずはなく、健剛さんは涼子さんを自殺から救えなかったことで自分を責めて、引き籠もっていたんです」

吉瀬が妹の死後、警官としての業務に支障を来すほど打ちのめされていたという情報を遠藤が拾っていた。その後、心赦となった吉瀬が事あるごとに妹の命を救えなかったのは痛恨の極みだったと語り続けたのを勘案すると、布施の話は本当だろう。

「一年目の学期が終わり、一時帰国する時、やはり未練を断ち切れない。もう一度だけ会ってみようと思ったんです。でも涼子に連絡を入れても、一向に返事がない。何かあったのかと気を揉《も》んだのですが、健剛さんの携帯も不通で。成田に着いた足で、涼子のアパートに直行しました」

既に部屋の表札が変わっていた。そして涼子が一カ月前に隅田川河畔で焼身自殺したと管理人から聞いた。

「信じられませんでした。涼子が自殺なんて。しかも、僕に何の相談もせずに死ぬなんて、あり得ない。私は健剛さんの自宅を訪ねたんです。そして、すっかり人相の変わっていた健剛さんの口から、涼子の死の真相を聞きました」

涼子は兄宛の遺書に、全てを書き残していた。一輝の父に乱暴され子を宿したが、流産してしまったこと。そして一輝の母親から判事との爛れた関係について毎日責められた経緯。そして、息子の将来を考えるのであれば、自ら死を選ぶのが当然と半ば洗脳されて、涼子は死を選んだ――。

「翌日の夜でした。私は実家に戻り、涼子の遺書を手に両親に詰め寄りました。そして、死んで涼子に詫びよと。気が付くと、両親をダイニングルームの椅子に縛りつけ、金属バットで殴りながら自白を取っていました」

すぐに吉瀬に連絡したという。吉瀬は飛んでくると、「ホテルにチェックインして待っていろ」と言って、布施を実家から追い出した――。

「言われるままに、近所にあるビジネスホテルで健剛さんの連絡を待ちました」

布施は、自らの無実を証明したようなものだった。

布施夫妻の死因は撲殺ではない。現場に残されていた刺身包丁で、それぞれ十数カ所刺されて絶命したのだ。

しかし仮にも弁護士であるなら、その程度の事実は、新聞を読めば気づくはずだ。なのに、なぜ「自分が殺した」などと主張するんだ。

布施が話を続けた。

「なかなか健剛さんから電話がなく、じりじりしていると複数の消防車のサイレンの音が聞こえてきました。慌ててホテルの窓を開けると、自宅周辺からオレンジ色の炎が上がっていました――」

吉瀬から電話があったのは、その直後だった。

「今からそちらに行く。部屋から出るな、と言われました」

二〇分後に吉瀬は現れた。

「おまえは両親を殺し損ねた。俺が二人を葬り、証拠隠滅のために火をつけた。だから、おまえはこの事件に一切無関係だ――部屋に入ってくるなり、そう言われました。しかし、金属バットで両親を何度も殴りましたし、父が虫の息だったのも事実です」

誰も言葉を挟まないので、私が言った。

「検死の結果、ご両親の死因は十数カ所にも及ぶ刺し傷による失血死だと見られています」

布施は頷いた。

「そのことも健剛さんから聞きました。しかも、健剛さんは自分で警察に電話まで入れています」

――俺は、新宿中央署生活安全課の吉瀬健剛だ。布施という悪徳判事を刺し殺し、自宅に火をつけた。これは、天誅だ。

そう言い残して、逃走したのだ。

長い沈黙の後、布施は口を開いた。

「健剛さんは、私を庇うために瀕死の二人に包丁を向けただけです。放火したのだって私の犯行の証拠を消すために違いない」

そうかもしれない。だが、死因は揺るがない。

「事件当夜、両親に来客があったので、頼まれて近くのホテルに外泊したと証言するよう健剛さんに指示されました」

吉瀬本人から、自白の電話を受けている捜査本部は、息子の不自然な宿泊に疑問は抱かなかったろう。しかも、吉瀬はご丁寧に、布施からチェックインの連絡があってからも、暫く判事夫妻を生かしている。電話の直後に判事夫人が、知人に電話を入れているのだ。それによって、布施の鉄壁のアリバイが成立した。

「吉瀬があなたを庇おうとしたのも事実でしょう。しかし、ご両親を殺害したのが吉瀬健剛であることは、間違いありませんよ。布施さんが、ご自分を責める必要はありません」

私の指摘は気に入らないようだ。布施の態度がそう言っている。

「健剛さんを実家に呼んだのは、私です。両親に涼子の死の真相を告白させ、それを健剛さんに聞いてもらうのが、私がやるべき罪滅ぼしだと思ったからです。なので、私も共犯なのです」

それは法律家の理屈ではない。どうやら本人も分かっているようだ。

「法廷でそれが立証できるかどうかは、問題じゃないんです。私がそう思っているだけで充分なんです」

つまり〝人として〟の大きく重い罪を、布施が背負って生きているという意味だ。

「それなら、なぜ自首しなかったんです」

松本が憤慨したように鼻から荒い息を吐き出した。

「健剛さんから止められました。自分の罪を償いたいなら、おまえは夢を実現しろと。それは、涼子の一番望んでいたことだと」

その夜、布施は吉瀬に「死んでも守れ」と言われた約束事がある。絶対に自殺は許さない。そして自首も認めない――。

「夢とはなんですか」

「日本から貧困層をなくすための法律と社会を構築することです。健剛さん兄妹も、早くにご両親を亡くされて、大変苦労されたそうです。そういう境遇の子どもたちが、誰に気兼ねすることもなく存分に学べて、豊かな人生を手に入れる社会の実現です」

まさしく布施が今、全身全霊で取り組んでいる活動に他ならない。

「私がその夢を達成するのを、涼子と一緒に見ていると、健剛さんは言いました」

理屈は一応通っていた。だが、あまりに美談がすぎる。

そして、実際に布施は夢の実現だけに精進してきた。彼は今なお独身だった。

「吉瀬が、ここで自殺志願者を救っていたのは、ご存じだったんですか」

「もちろん、私は何度も少林寺に来ていますから」

なのに誰も何も気づかなかったわけか。

吉瀬は布施に年に二度少林寺へのお参りを義務づけたのだという。一日は、涼子の命日、もう一日は、涼子の誕生日だった。

「本当は、健剛さんは一日も早く涼子さんの元に行きたかったんだと思います。でも、絶対に自らの手では命を絶たないと決めていた。私のためです」

それが吉瀬が自首しなかった理由か。吉瀬が自首すれば、布施はすぐに〝自らの罪〟を告白したに違いない。

長い沈黙が続いた。

「少林寺で、健剛さんと最後のお別れをしたら、私はその足で警視庁に自首します」

布施の落ち着いた口調が、場の雰囲気を変えた。

「どうしてですか！　心赦さんが、ご両親を殺害したんですよ。布施さんは、心赦さんと妹さんの夢を形にするために、やるべきことがまだたくさんあるのでは？」

松本が感情的に反論した。

「今国会で、貧困解消法が可決される運びです。ですから、私の使命は達成されたんです」

「それはどうでしょう。この震災の影響で国会は空転続きで、予算案を通すのが精一杯ですよ。だとすると、法案はよくて継続審議です。あなたの役目は終わっていないのでは？」

私の指摘は、布施も気にしているようだ。何度も頷いている。

「そうかもしれません。ですが、記事が出るとなれば話は別です。今、私がやるべきは、健剛さんが築いてきた〝心赦和尚の行い〟を穢さないことなんです。それに、両親は間違いなく私が殺したんです。たとえ止《とど》めを刺したのが健剛さんだったとしても、私には殺意がありましたし、放っておいてもいずれ彼らは死んだと思います」

だが、真実を知る人はもう誰もいない。

「弁護士の布施さんには釈迦《しやか》に説法でしょうが、自首したところで、警察は逮捕すらしないと思いますよ」

「それでもいいんです。私が名乗り出ることで、心赦和尚の名誉は守られる」

つまり我々がスクープした事実が誤報だと訴えるということだ。そして同時に布施が築いてきたものも崩れる。残念だが、たとえそうしたとしても、布施が期待するような吉瀬の名誉挽回は難しい。マスコミが穢した名は二度と回復しない。

だが布施の決意は固い。ならば、我々部外者が四の五の言う領域ではない。

「では、夜が明けたら少林寺にお連れします。心赦さんとご対面された後、改めてお話を聞かせて下さい。それと、我々の前でお話をされたのですから、今の話を全て記事にしてよいと解釈しますがよろしいですか」

「大嶽さん！　なんてことを」

松本が大声で叫んだが、布施は冷静に頷いた。

「もとよりそのつもりです」

まもなく夜が明ける。昨日よりも厚い雲が垂れ込め、今にも雨が降ってきそうだ。

5

船着き場に辿り着いた時、霧雨が降っていた。布施は傘を差そうともせず船に乗り込んだ。

「吉瀬さんから阿修羅の話を聞いたことはありませんか」

渡船が動き出すなり、訊いてみた。布施は首を左右に振った。

凍るような雨のせいか瞑想堂はこの日、珍しく人が少なかった。それは我々には好都合だった。堂内に入ってすぐに前日と様子が違うのは分かったのだが、何が変わったのかが分からない。最初に気づいたのは、松本だった。

「心赦さんのご遺体は？」

袈裟《けさ》を着けた若い僧が合掌してから、「昨夜遅くに、町の方に渡りました」と返した。理由を質《ただ》すと、「火葬のためでございます」と神妙に言う。

やられた！　と思った。我々の記事によって起きる騒動を予見して、寺は先手を打ったのだ。

「三陸市の火葬場は震災の影響で、使用できないと聞いているけれど」

「山形県天童市でお世話になります」

「追いかけましょう」と布施に言ったが、彼は熱心に心赦の遺影に合掌して何やら呟いている。

その時、衛星携帯電話が鳴った。宮村だった。布施と相談しろと遠藤に命じて、お堂の外に出た。

霧雨だった雨が激しくなっていた。

「お疲れさま。布施がとんでもない証言をしたぞ」

「その前に、こちらのとんでもない事態をお伝えしなければなりません」

宮村の声が沈んでいる。

「何事だ」

「実は、吉瀬のスクープがボツになりました」

「おいおい何を朝から、笑えない冗談を言っている。俺はちゃんと、早版の組み版まで確認したんだぞ」

「土壇場で、社長命令で輪転機が止められたんです」

「なぜだ！」

急に激しくなった雨音に負けじと大声を張り上げていた。

「社主です」

くそったれ、松本！　あの女、そんな蛮行を犯しながら、平気で布施の告白を聞いてやがった。

私は後ろを振り向いた。松本は遺影の前でひざまずいて両手を合わせている。

「つまり、孫娘の説得に社主が屈したということか」

「どうも違うようなんです。やらかしたのは社会部長だとか。前の松本ちゃんの記事にあった嶽さんの署名を、独断で削らせたのも部長です」

仕事はできないが目立つことには全部しゃしゃり出たい時任の公家顔《くげがお》が脳裏に浮かんだ。気に入らない記者を潰すためか、己の出世のためかは分からないが、いずれにしても利己的な動機で新聞にとっての生命線であるスクープを握りつぶしたということか。

「なんで、こんな時間に連絡してきたんだ。早版からボツなら、昨夜の一〇時には連絡できたろう」

「今まで、会議室に軟禁されてまして。携帯もパソコンも没収です。ようやく今、解放されたところなんです」

狂ってる。それが新聞社のやることなのか。

「平井さんは何をしてたんだ」

「もの凄い勢いで抵抗しました。でも、結局は、平井さんも軟禁されて」

あり得ない。

「社主が時任の意見を受け入れた理由は？」

「孫娘を救った命の恩人の名誉を傷つけるなんてできないと」

それでも新聞社のオーナーか。

「さらに悪いことが起きています」

「何だ」

「暁光に吉瀬の一件で、抜かれました。一面、社会面ぶち抜きです」

思わず、瞑想堂の壁を拳で殴りつけてしまった。

「しかも小島って記者が、松本ちゃんの談話まで書いています。吉瀬に命を救われた毎朝新聞松本真希子記者って。最悪です」

そういうことだったのか……。

小島は、どんなことをしても毎朝の記事を潰すと永井に約束して、事実関係のウラを取ったのだろう。そして、きれい事を並べて、私に出稿を翻意させようとした。挙げ句が、特ダネを潰すために松本を煽っただけでなく、悲しみの談話まで取りやがった。

「もっと早く小島って記者を調べておくべきでした。彼は事件記者歴が長く、時には協力者を裏切ってでも記事を書く奴だったと聞きました」

今回も、それを堂々とやったわけだ。

「そして、記事を書かないのを条件にカネをたかったという疑惑で、三陸通信局に左遷されたんです。心救が吉瀬だったという発表を、警視庁は午前九時からやるみたいです」

「遺体はもうないぞ。昨夜遅くに寺の関係者が、火葬にすると言って半島から運び出した」

「峠で捕まえて、遺体を確保したそうです。遺体の指紋照合の結果、当人に間違いなかったと」

もう、勝手にやってくれ。

私は縁側にあった傘を借りて、雨の中を歩き出した。自然と岬の公園に足が向いた。そういえば、一昨日も宮村と話した後にここから海を眺めながら遠藤に電話した。

「布施が自首すると言っている。自分も共犯だと主張している。吉瀬は自分を庇うために火をつけて、警察に犯行声明の電話を入れたんだと」

「マジですか」

「これもボツにするか」

宮村に当たるのは筋違いだったが、彼女はけなげに返答した。

「平井さんと相談して下さい。私は、嶽さんの指示なら警視総監にだって、ウラ取りに行きます」

傘を打つ雨の音が一瞬聞こえなくなるぐらいの闘志を、宮村からもらった気がした。宮村に心から感謝して、平井の携帯電話を呼び出した。

「大嶽、本当にすまん、面目ない！　俺は今、辞表を出した」

平井の辞表は一種のガス抜きだ。彼は事あるごとに辞表を出す。毎年正月に目が覚めたら最初に書くのが、その年の辞表だといわれているような男だった。

「布施一輝が一緒です。彼は自分も〝判事殺し〟の共犯だと主張しています」

平井が息を呑む音が聞こえた。そうか、このオッサンでも驚くことがあるわけか。

「ウラは？」

「唯一の証人は、既に死んでいます」

「詳しく話せ」

この雨の中でか。

「ご興味があるなら、二時間も待っていただいたら送稿します。ただ心赦が殺人で指名手配された男だという記事をウチはボツにしたんですよ。どうやって、これを載せるんです。いっそのこと暁光新聞に売りつけてやりましょうか」

本音だった。

「何をバカ言っている。あと一時間もすればサツが発表するんだ。それに合わせて、おまえのロングバージョンの原稿を夕刊に突っ込む。それに布施の告白を足せばいい」

「じゃあ、間に合いませんね。布施は警視庁に自首すると言っています」

「引き止めるんだ。もっと詳しく話を聞きたいとか言って」

これが私と平井の境界線だった。平井にとって重要なのは、毎朝新聞が他紙に勝つことだ。そのために手段は選ばない。私は、ただ摑んだ事実を伝える。可能な限り迅速に。そこに勝負を競う考えはない。

布施一輝が語った彼なりの事件の真相と懺悔を記事にすることに、躊躇はない。書くべきものを書くだけだ。

「それはできません」

「おい、大嶽。これは起死回生の大スクープだぞ。少しぐらいは無茶をしろ」

「もう充分無茶はしています。多くの人の感情を逆撫《さかな》でし、顰蹙《ひんしゅく》も買いました。それを踏みにじったあなたから四の五の言われたくありません」

「俺も被害者だぞ」

冗談だろ。

「平井さん、あなたも私にとっては、社主や社会部長と同じです。事実を伝えるという記者の使命を妨害しました」

暫く沈黙が続いた。雨はさらに激しくなっている。寒くて手足は既に感覚がない。

「分かった。ならば、夕刊に布施一輝の告白を突っ込むだけでいい。それで他紙との差はつく」

「吉瀬の話をボツにしているのにですか」

「それも入れる」

正気の沙汰ではない。だが、平井は本気だろう。それが、彼の意地なのだ。

「原発事故が収束せず、被災地には死者・行方不明者が一万人以上いる。その上、被災の実情が正しく伝わっていないこの状況で、古びた過去の事件の真相を暴くために、そんな膨大な紙面を割くんですか」

それは私自身の反省でもある。

「一万人も二人も、命は命だ。判事殺しの真相は、大災害の陰に埋もれていいわけがない」

この詭弁《きべん》を悪びれもせずに言えるから、平井は今なお鬼軍曹のように事件取材の指揮が執れるのだ。

だが本音は、単に社主への腹いせであり、我々のスクープを掠《かす》め取った暁光新聞に対して見栄を張るためでしかない。

「東京に残っている警視庁担当と遊軍総動員で、ウラ取りをさせる。おまえがそこから指示しろ」

「宮村かキャップに頼んで下さい。私は原稿を出す以外のことをしたくありません」

平井の復讐の手先になるなんてゴメンだった。

「なら、まず布施一輝談話のメモだ。三〇分以内に送ってこい。それから一時間で布施一輝の告白原稿をまとめるんだ」

雨足がますます激しくなった。海からの突風が傘を吹き飛ばした。横殴りの雨は、潮の味がする。

私は「了解しました」と返して電話を切った。

背後に人の気配がした。

松本が両手で折りたたみ傘を握りしめて立っている。すでに傘は骨が折れてしまっていて、ずぶ濡れに近かった。

「布施さんが、心赦さんの遺体を追いかけたいとおっしゃっています」

「分かった。おまえが同行しろ。車は堀部さんに頼め」

松本が驚いている。

「私を追っ払う気ですね」

「何の話だ」

「今度は、布施さんの告白を独占掲載ですか」

「だったら、どうなんだ」

「胸が痛みませんか」

張り裂けそうだよ、松本。

「最低です」

「おまえに言われなくてもよく知っているよ。だから行ってくれ」

松本は何も言わず、突っ立っていた。

「昨日送った心赦和尚の記事は、全てボツになった」

どうやら本当に松本は、この件に一切関与していないようだ。小さく声を上げたきり固まってしまった。

「おまえの愛するお祖父様が社長に命じて、輪転機を止め、記事を差し替えさせた」

意外なことに、彼女は唇を噛んでいる。怒っているらしい。

「なんだ、喜ばないのか。おまえの願いが叶ったんだぞ」

「私は祖父に頼んでません」

「だが、おまえの命の恩人の名誉を守るためにボツにしたんだよ。ふざけるな！　新聞をなんだと思ってる！」

「私は知りません!!」

「社会部長がご注進したんだ。社主に媚びて偉くなるためだ。まっ、きれい事を並べても、所詮、新聞社も爛《ただ》れた企業なんだよ」

松本はずぶ濡れのまま立ち尽くしている。

「それともう一つ。暁光新聞が、心赦さんの素性を洗いざらい書き立てたそうだ」

「ウソです。小島さんは昨日、暁光も心赦さんの素性を探っているが、自分が握り潰したとはっきりおっしゃったんですよ」

「通信局に戻ったら、暁光新聞のサイトを覗いてみろ。ご丁寧に、心赦和尚が命を張って救った全国紙記者への独占インタビューも読めるぞ」

そこまで松本を打ちのめすべきではない。だが、私の中で大暴れしている腹の虫が、どうにも収まらなかった。

松本が壊れた折りたたみ傘を地面に叩きつけた。

「分かったか。記者に良い人なんていないんだ。教訓にしろ」

俺は一体ここで何をしている。

この町には不幸が充満していて、飯のタネをいくらでも漁ることができる。その中で、私はよりによって最悪最低の不幸を弄《もてあそ》んでいる。

生きている者が重要だと偉そうに言いながら、将来を期待された人権派弁護士の破滅を止めようともしない。その上、つまらない新聞社間の競争に巻き込まれているのに、それでも原稿を書こうとしている。

大体、おまえはここに何をしに来た。原発事故に埋もれがちな被災地の現実を書こうとしたんじゃないのか。

おまえは、バカだ。

何人、いや何十人もが一斉に私を詰っている。それが雨音になって私に襲いかかる。

人はなぜ過ちを犯すのか。

人の罪は償えるのか。

知ったことか。

そんな疑問は、雨と一緒に流れてしまえばいい。

一つだけ確かなのは、私という記者はクソで、何度でも過ちを繰り返すバカだということだ。

私は寒さで震える体を抑え込むために奥歯を噛みしめ、私を呑み込もうとしている鉛色の海を睨みつけた。

謝辞

今回も多くの専門家の方々からご助力を戴きました。深く感謝いたしております。お世話になった皆様とのご縁をご紹介したかったのですが、敢えてお名前だけを列挙させて戴きます。また、ご協力戴きながら、名前を記すと差し障る方からも、厚いご支援を戴きました。ありがとうございました。

小泉大士、寒川由美子、中島紀行、長谷川豊、前谷宏、鈴木健児
金澤裕美、柳田京子、花田みちの、大澤遼一　（順不同・敬称略）

二〇一五年一月

【主要参考文献一覧】（順不同）

『阪神淡路大震災ノート　語り継ぎたい。命の尊さ』　住田功一著　学びリンク
『遺体　震災、津波の果てに』　石井光太著　新潮社
『記者は何を見たのか　3・11東日本大震災』　読売新聞社著　中央公論新社
『石巻赤十字病院の100日間　東日本大震災　医師・看護師・病院職員たちの苦闘の記録』
石巻赤十字病院＋由井りょう子著　小学館
『SOS！　500人を救え！　3・11石巻市立病院の5日間』
森安章人著　清水一利編　三一書房

※右記に加え、一九九五年の阪神・淡路大震災の新聞縮刷版や、二〇一一年の東日本大震災の新聞縮刷版、政府統計なども参考にした。

この作品はフィクションです。

本書は、書き下ろしです。原稿枚数６１１枚（４００字詰め）。

JASRAC 出 1500134 501

〈著者紹介〉
真山仁　1962年大阪府生まれ。同志社大学法学部政治学科卒業。新聞記者、フリーライターを経て、2004年、企業買収をめぐる熱き人間ドラマ『ハゲタカ』でデビュー。07年に『ハゲタカ』『ハゲタカII（『バイアウト』改題）』を原作とするNHK土曜ドラマ「ハゲタカ」が放映され、大きな反響を呼ぶ。同ドラマは国内外で多数の賞を受賞した。他の著書に『マグマ』『ベイジン』『黙示』『コラプティオ』『そして、星の輝く夜がくる』『売国』などがある。

公式ホームページ
http://www.mayamajin.jp/

雨に泣いてる
2015年1月30日　第1刷発行

GENTOSHA

著　者　真山 仁
発行者　見城 徹

発行所　株式会社 幻冬舎
〒151-0051 東京都渋谷区千駄ヶ谷4-9-7

電話：03(5411)6211(編集)
03(5411)6222(営業)
振替：00120-8-767643
印刷・製本所：中央精版印刷株式会社

検印廃止

万一、落丁乱丁のある場合は送料小社負担でお取替致します。小社宛にお送り下さい。本書の一部あるいは全部を無断で複写複製することは、法律で認められた場合を除き、著作権の侵害となります。定価はカバーに表示してあります。

©JIN MAYAMA, GENTOSHA 2015
Printed in Japan
ISBN978-4-344-02703-9 C0093
幻冬舎ホームページアドレス　http://www.gentosha.co.jp/

この本に関するご意見・ご感想をメールでお寄せいただく場合は、
comment@gentosha.co.jpまで。